古龍武俠小說 領先時代半世紀

【記者賴素鈴／報導】江湖代有才人出，這廂古龍凋零二十載，那廂今朝懸賞百萬獎新秀，浪淘不盡，唯有武俠熱愛，不隨時間變易，在學術研討會上更見分明。以「一代鬼才：古龍與武俠小說」爲主題，淡江大學第九屆文學與美學國際學術研討會昨起在國家圖書館，展開爲期兩天的議程，紀念武俠小說家古龍逝世二十周年，新生代學者與古龍故舊齊聚一堂，以文論劍話武俠。

日前與淡大中文系教授林保淳共同發表《台灣武俠小說發展史》，武俠小說評論家葉洪生昨天在專題演講中，直批胡適1959年底發表「武俠小說下流論」是「胡說」，學界泰斗的不當發言以及隨即展開的「暴雨專案」，反而促成1960年起台灣武俠新秀的繁興，「武俠小說迷人的地方，恰恰在門道之上。」，葉洪生認定，武俠小說審美四原則在文筆、意構、雜學、原創性，他強調：「武俠小說，是一種『上流美』。」

集多年心血完成《台灣武俠小說發展史》，葉洪生認爲他已爲從十歲起迷上武俠小說的半世紀畫上完美句點，並且宣布他「以後決心退出武俠論壇，封劍退隱江湖」。

雖然葉洪生回顧武俠小說名家此起彼落，套太史公名言「固一世之雄也，而今安在哉？」，認爲這是值得深思的嚴肅課題，昨天意外現身研討會而備受矚目的溫世禮，則爲了紀念同是武俠迷的哥哥溫世仁，推出第一屆「溫世仁武俠小說百萬大賞」，即日起至今年10月3日截止收件，經兩階段評選後於明年12月7日公布首獎得主，預料將會是一場武林新秀的龍虎爭霸戰。

看明日誰領風騷？風雲時代出版社發行人陳曉林眼中的古龍，其實領先他的時代半世紀，以致如今雖然古龍逝世20年，陳曉林認爲大家對古龍的了解仍然有限，預言未來世代更能和古龍的後設風格共鳴。

昨天這場研討會，也凸顯武俠小說作爲一項文學研究門類，仍有待開發學習空間。多位與會者都指出，武俠小說的發表、出版方式和管道具考證難度，學術理論與論文格式的建立待加強。而武俠名家的版權之爭、市場競爭力，也增加出版推廣困難，古龍武俠小說的版權糾紛、司馬翎作品的版權官司也成爲研討會的場外話題。

第九屆文學與美
一代鬼才
古龍

古龍兄為人慷慨豪邁、跌蕩自如，变化多端，文如其人，且復多奇氣，惜英年早逝，余與古兄當年交好，且喜讀其書，今恨不見其人，又無新作可讀，深自惋惜。

金庸

一九九六.十.十一.香港

驚魂六記之

古龍集外集 6

羅剎女（下）

古龍——創意
黃鷹——執筆

古龍集外集⑥

驚魂六記之

羅剎女（下）

目錄

十一 疑雲

風雨未竭。

蕭七的腳步又停下。

這一次，他停在一幢莊院的門前，卻沒有走上石階，只是怔怔的站在那石階之下。

在他面前這幢莊院雖然沒有董千戶那幢莊院那麼華麗，但是毫無疑問的，那也是一幢富有人家的莊院。

「美劍客」杜茗事實是一個有錢人，遺下的財產事實也不少，這幢莊院是其中之一。

對於這個杜家莊，蕭七絕不陌生，甚至可以說，與他自己的莊院同樣熟悉。

因為他自小就隨父親在杜家莊出入，在他的父親去世之後，他與杜家的人仍然保持著來往，逢年過節不在話下，就是平日，也很多到來走走，問候一下杜老夫人，看看飛飛、仙仙姊妹。

可是他現在站在門外，卻不知道該不該進去，又如何進去才好。

——不進去見一見仙仙，實在放心不下。

——仙仙與趙松說的難保有所遺漏，也實在非要進去見她一面，問一個清楚明白不可。

——但若是這樣進去，少不免驚動老夫人，她看見我這般模樣亦不免動疑，到時候也不知道應該怎樣與她說話，說真的，現在事情仍然未明朗，那個死者尚未能證實是杜飛飛，萬一並不是，讓她們擔心一場，固然是於心不忍，即使是，這樣說出來，又怕她病弱之身，受不起這個打擊，胡亂找一個藉口，一個不小心就會露出破綻，反而更令她生疑。

驚動老夫人目前還是盡量避免的好。

——回去換過衣服再來，時間又不容許，衙門那邊還得再走一趟，看幽冥先生可曾醒轉，又如何說話。

——那麼應該怎樣呢？逾牆偷進去？

蕭七此念一動，身形一展，沿著圍牆走向莊院。

雨仍然是那麼大。

連串水珠從雨傘周圍瀉下，就像是一道晶簾，將蕭七包圍起來。

◇

杜家莊後靠竹林。

一片小小的竹林，風雨下迷迷濛濛，就好像籠罩在一片濃重的煙霧中。

竹葉在風中響，在雨中嗚，沙沙之聲，不絕於耳。

那聽在蕭七耳中，不由自主生出了一陣說不出的蕭索感覺。

他看準了位置，一收雨傘，身形一拔，飛燕般掠上了牆頭。

牆內就是杜家姊妹房間所在的那個院落，很幽雅，植著好一些花木，還有一個小小的水池。

蕭七身形一凝便掠下。

◇◇◇

院子中沒有人。

蕭七繞過水池，向仙仙的房間走去。

對於杜家莊他無疑是瞭如指掌。

他只希望仙仙現在在房間之內。

◇

蕭七並沒有失望，仙仙現在的確在。

她也是逾牆進來，只不過不是蕭七那個方向。

因為她一身濕透，同樣擔心被母親看見追問究竟。

她回來已經多時，一身濕衣服現在卻仍然未換過，因為到現在她才驚魂稍定。

現在她正坐在妝檯之前，呆呆的望著妝檯上那面銅鏡，整個人都陷入沉思之中，一動也不動的呆坐。

她是在思索方才那幢荒宅的遭遇。

在她的眼瞳中，仍然有恐懼之色，有生以來，她還是第一次遇上那麼恐怖的事情。

一種難言的恐懼已滲入了她的骨髓之內。

——姊姊已死了，我也快死了，剩下娘一個，真不知怎樣傷心？真不知怎樣過活？

——蕭大哥現在也不知怎樣了，女閻羅怎麼哪個也不喜歡？偏就喜歡他？瞧上他？

——她要嫁蕭大哥，就要蕭大哥死，簡直豈有此理，還要殺我們呢？

——蕭大哥人那麼好，他死了，真不知有多少人難過？

——這難道一些辦法也沒有？只有等死？

——蕭大哥，你在哪兒，怎麼不來看看我？

仙仙心中正在這樣嚷，忽然就聽到有人在呼喚她。

「仙仙！仙仙！」

第一聲仙仙只以為是幻覺，第二聲也是。

「仙仙！」

第三聲，仙仙總算聽清楚。

——好像蕭大哥的聲音。

——是蕭大哥叫我？不會的！

仙仙甚至連方向都分不出來。

「仙仙！」第四聲，語聲高了很多。

仙仙突然打了一個寒噤，由心寒了出來。

——蕭大哥不會這麼快就來的。

——但那是真的有人在叫我的名字，不是蕭大哥，難道是——

——難道是那個骷髏？

杜仙仙惶然東張西望。

一個人正站在門外。

蕭七！

仙仙一眼瞥見，長身而起，失聲道：「蕭大哥！」

蕭七一步跨入，笑著道：「仙仙，是我！」

仙仙驚喜交集，急步迎上前去，但走到蕭七的身前三尺，忽然又停下，盯著蕭七道：「你真的是蕭大哥？」

蕭七奇怪道：「才不過半年，怎麼你就認不出我了？」

仙仙這才走前去，整個人都投入蕭七的懷中，忽然痛哭了起來。

蕭七只道她是因為傷心飛飛的死亡，柔聲安慰道：「別傷心，生死有命，再說那個屍體是不是飛飛，仍有待證實。」

仙仙只是哭。

蕭七忽然發覺仙仙自頂至踵，一身都是水濕，奇怪道：「這麼大的雨，怎麼你不在路旁暫避一下？」

蕭七說到這裡，心頭一動，道：「到底又發生了什麼事情？」

仙仙好容易才收住哭聲，緩緩將頭抬了起來，凝視著蕭七嗚咽道：「蕭大哥，我還以為再見不到你了！」

蕭七舉步替她拭去了眼淚，道：「怎麼說這種傻話。」

仙仙道：「你不知道。」

蕭七道：「告訴我，是什麼事情。」

仙仙一時間也不知道從何說起。

蕭七擁著她走回那邊妝檯，道：「你坐下，慢慢說，不要急。」

好一會，仙仙激動的心情才平靜下來，緩緩說出了她恐怖的遭遇。

蕭七實在想不到又發生了這樣的一件事，只聽得怔在當場。

「蕭大哥，你說怎麼辦？」杜仙仙將話說完，跟著這樣問。

她淚眼未乾，面色已因為恐懼變成蒼白，看來是那樣淒涼，是那麼可憐。

蕭七看在眼內，心都快要碎了。

一個像仙仙這樣善良，這樣溫柔，這樣可愛的女孩子，只因為喜歡自己，而竟要飽受驚嚇，還要喪命，他不由得感到憤怒。

他沉聲應道：「不管怎麼樣，我們都不要等待死亡降臨。」

仙仙道：「這若是女閻羅的主意，誰抵抗得了？」

蕭七剔眉道：「她若是只憑自己喜惡，要那一個死，那一個就得死，哪還有天理？」

仙仙道：「我也是很不服氣。」

蕭七道：「即使是這種死亡，我們完全不抵抗，非接受不可，人到了地獄，我們也要討一個公道，拚一個明白。」

仙仙忽然問道：「蕭大哥，你會不會娶那個女閻羅為妻？」

蕭七道：「當然不會了。」

仙仙道：「就只怕由不得你。」

蕭七道：「若真是如此，那個我就不是真的我，只是一個完全沒有思想，一個惟命是從的鬼魂了吧。」

仙仙道：「我實在有些擔心，有些害怕……」

蕭七道：「這若非人為，擔心也無用，害怕也無用。」

仙仙道：「嗯。」

蕭七道：「這若是人為的話，更就不用擔心害怕，而且必須打點精神，小心防範。」

仙仙道：「這會是人為？」

蕭七道：「說不定。」

仙仙道：「那個人動機何在？」

蕭七道：「我想不通一點。」

仙仙道：「還有我真的看見了那個地獄使者，並沒有說謊。」

蕭七道：「我相信你說的全部都是真事。」

「那你說，一個人怎會有一個骷髏頭呢？」

「看清楚的了？那真的不是一個面具嗎？」

「真的不是，後來我一劍刺上去，那個骷髏頭就真的整個粉碎，簡直就像是粉做的一樣！」

「粉骷髏？」蕭七沉吟了起來。

「可是他沒有了頭，仍然能夠說話，而且凌空飛起來，消失在白煙之中。」現在說起來，仙仙仍然有餘悸。

蕭七回憶著杜仙仙方才的說話，道：「這個若是人，目的若是殺你，在白煙之中既然已抓住了你的一雙腳，應該就下手的了，沒有理由放過這個好機會。」

「我也是這樣想。」

「難道這真的是地獄使者？」

「我相信快要死了。」仙仙悲從中來，眼淚又流下。

蕭七道：「不管怎樣，你都要小心，千萬不要再一個人外出，即使在家中，也不要一個人躲在房內，最好在大堂人多的地方坐坐。」他一頓接道：「一會我要走一趟衙門，然後回家一轉，換過衣服再來，還得拜候伯母，今天晚上我會在這兒留下，守候在你的身旁。」

仙仙喜道：「真的？」

蕭七點頭道：「以後每天都會到來，等那個地獄使者出現，好歹也要與他拚一拚！」

仙仙大喜道：「太好了。」

她隨的一怔，道：「你還沒有見過我娘？」

蕭七搖頭道：「我是逾牆進來的。」

仙仙道：「怪不得春梅秋菊她們一個不見跟來，以前她們看見你，總是要跟你出入的。」

蕭七嘆了一口氣，道：「我若是這個樣子從正門走進來，伯母一定會知道，看見一定會查根問底，暫時還不想驚動她老人家。」

仙仙道：「我也是有此顧慮，只好逾牆走進來。」

蕭七道：「稍後你別忘換過衣服過去見她，省得她老人家久候你不回，著人到處去找你。」

「嗯。」仙仙轉問道：「是了，姊姊的屍體是怎麼發現的？」

蕭七道：「關於你姊姊，我有些話要問問你。」

◇

杜仙仙告訴趙松的雖然並不是她知道的全部，也沒有什麼遺漏。

她現在補充的只是一些無關重要的事情。在她的話中，蕭七並沒有發現任何的線索。

他甚至走進杜飛飛的房間，從杜飛飛當夜站立的位置往外望去。

那個窗戶正對著水池，其間並沒有任何可以藏身的地方。

根據仙仙的敘述，飛飛當時是對著那個水池上的一團煙霧說話。

那團煙霧很淡薄，不可能藏人，仙仙事實也看不見有人在其中。即使有人能夠藏在其中，又能夠不被仙仙看見，但是又如何能夠站在水池之上？

輕功之中有所謂「登萍渡水」、「凌波虛渡」，輕功練到爐火純青的人據說身輕如鵝毛。此外，還有種種已幾乎接近神話的傳說。

蕭七卻知道那些都只是傳說而已，一個人絕對不可能站立在水面之上，無論是什麼人。

難道飛飛當時真的見鬼？在與鬼談話？

蕭七又實在難以相信。

可是這件事又怎樣解釋？

還有仙仙的遭遇，幽冥先生的遭遇，也同樣難以解釋。

——難道竟真的有所謂地獄閻羅？有所謂地獄使者？有所謂地獄與鬼？

暴雨落在水池之上，沙沙的激起了無數水花。

蕭七的腦海同樣動盪不安。

前所未有的不安。

他也從來沒有這樣擔心過，恐懼過。

不是為了自己，是為了仙仙！

他匹馬闖江湖，雖然說不上身經百戰，但儘管沒有一百，次數卻也少不了許多。

他遇過很厲害的敵人，也遭遇不下十次萬吉萬安兄弟那麼陰險毒辣的襲擊，可是他全都應付得來。

因為那全都是人。

只有這一次，他卻是束手無策。

就因為這一次他要應付的似乎不是一個人，也不是一些人。

是地獄的女閻羅，是來自地獄的粉骷髏！

十二 兇手

雨終於停下。

風仍急，吹得蕭七一身的衣衫獵獵作響。

這場雨來得突然，去得也突然，雨停下的時候，蕭七已進入驗屍房前面的那個院子。

也就在這個時候，一陣怪異而恐怖的笑聲突然從驗屍房那邊傳來。

這種笑在蕭七並不陌生。

——是幽冥先生的笑聲。

——笑得這麼得意，莫非……不好！

蕭七心念一動，雨傘脫手飛出，身形同時飛前，如箭離弦，一射三丈，奪門而出。

一聲輕叱即時入耳：「是哪一個擅自闖進……」

這卻是趙松的聲音。

話說到一半，趙松已看清楚闖進來的是蕭七，說話自然就停下。

他負手站在驗屍房正中，左右保衛著那兩個捕快，郭老爹還是坐在原來那個地方。

四人看來都沒什麼。

在趙松前面，就坐著那個幽冥先生。

他是挨著一條柱子，雙手抱住後腦坐在地上，手腕足踝都鎖上銬鐐。

銬鐐相連著長長的鐵鍊，卻是從後繞過了那條柱子，也正好將幽冥先生鎖在那條柱子之上。

他可以站起身子，亦可以很舒服的坐在地上，甚至還可以繞著柱子走動，但若是要走出這個驗屍房，除非已解開銬鐐，否則就得將那條柱子弄斷。

那條柱子也有一個大人雙臂環抱那麼粗，要將它弄斷，真還不易。

蕭七目光一轉，放下心來，連隨問趙松：「到底怎麼一回事？」

趙松道：「你是問這個老小子為什麼在笑？」

蕭七道：「嗯。」

趙松搖頭道：「我也不清楚，方才他突然醒來，一張開眼睛，便問我是什麼人，這裡是什麼地方，告訴他之後，就這樣笑個不休。」

蕭七「哦」一聲，轉望向幽冥先生。

幽冥先生也在望著蕭七。

一看見蕭七進來，他的笑聲便自停下，然後就怔怔的望著蕭七，這時候倏的問道：「你到底是人是鬼？」

蕭七道：「人！」

幽冥先生眼珠子一轉，道：「那麼我當然也是人了。」

「當然，」蕭七回問道：「你以為自己是什麼東西？」

「一個幽靈，現在身在幽冥。」

蕭七道：「你活得不耐煩了。」

「非也！」幽冥先生歎了一口氣，「只是閻羅雙王既要我去，焉能不去。」

蕭七道：「你也相信真的有所謂閻羅雙王？」

幽冥先生道：「若是不相信，我怎會塑那些瓷像？」

趙松忍不住問道：「你塑造那些瓷像到底有何目的？」

幽冥先生未語先瞟了趙松一眼，道：「做伴。」

趙松一怔道：「你是不是一個人？」

幽冥先生反問道：「你看呢？」

趙松道：「樣子雖然不大像，到底還是的。」

幽冥先生道：「就算你說我不是，我也不會生氣！」

趙松道：「你既然是個人，怎麼不找些人做伴？」

幽冥先生卻問道：「瓷像又有什麼不好？」

趙松道：「最低限度他們不會陪你說話。」

幽冥先生笑笑道：「他們雖然不會跟我說話，卻也不會欺騙我的錢，謀奪我的命。」

趙松皺眉道：「你是說有人曾經對你不利，企圖謀財害命？」

幽冥先生道：「的確有過這種事。」

趙松道：「什麼時候發生的？」

幽冥先生沉吟道：「大概在十七八年之前，準確的日子可記不清楚了！」

趙松道：「謀財害命的想必你仍然記得是什麼人？」

幽冥先生說：「這個還用說？」

趙松道：「那是什麼人？」

幽冥先生道：「帶頭的先是我的老婆與她的表哥，此外家中的婢僕全都湊上一份。」

趙松道：「你平日對他們一定很不好了。」

幽冥先生道：「若要說不好，那就是我不肯將所有錢拿出來供大家揮霍吧，至於我那個老婆與她的那位表哥，說句好聽的，乃是青梅竹馬一起長大。」

趙松道：「似乎你很有錢。」

幽冥先生道：「你到過我那個莊院了，若是沒有錢，何來那麼大的莊院？」

趙松點點頭，又問道：「是哪兒的錢？」

幽冥先生道：「我的父親，祖父都是這附近最出名的富商。」

趙松道：「這是否事實，不難會查出來。」

幽冥先生道：「那麼你得先清楚我本來叫什麼名字。」

趙松一愕道：「正要問你。」

幽冥先生道：「公孫白！」

趙松心頭一動，道：「據說很多年前，這兒有所謂四公子。」

幽冥先生道：「那是蕭西樓，杜茗，董無極，以及我。」

蕭西樓就是蕭七的父親，董無極就是現在的「奔雷刀」董千戶。

趙松聽說又是一愕，道：「你就是那個公孫白？」

幽冥先生道：「正就是那個。」

蕭七插口道：「當年的樂平四公子，以先父年紀最長。」

幽冥先生目光一轉，道：「你是蕭西樓的兒子？」

蕭七頷首欠身。

幽冥先生盯著蕭七的臉龐，道：「怪不得似曾相識，你口稱先父，莫非你的父親已經死了？」

蕭七黯然道：「已經過世四年了。」

幽冥先生一呆道：「那麼老杜呢？」

蕭七道：「亦已去世兩年多三年。」

幽冥先生急問道：「老董又如何？」

蕭七道：「仍健在。」

趙松道：「他越來越有錢了，但現在你若是在這個地方找董無極，十九不知道是何人，改找董千戶，卻無人不識。」

幽冥先生愕然道：「董千戶原來也就是董無極。」

他忽然笑了起來，道：「十年人事幾番新，何況，二十年。」

笑聲忽然又一歛，換過了一聲歎息，道：「當年我們四公子沉香亭把酒共歡的情景，現在想起來仍像昨天發生一樣。」

蕭七亦自歎息道：「老前輩現在就是找沉香亭，也再找不到了。」

幽冥先生道：「哦？」

蕭七道：「早在七年前，沉香亭已經被火燒燬！」

幽冥先生頹然若失。

蕭七接道：「四公子以先父年紀最長，卻是以老前輩年紀最幼。」

幽冥先生道：「不錯。」

蕭七道：「若是我沒有記錯，老前輩今年只怕未足五旬。」

幽冥先生把首一搖，淡然一笑道：「尚差四年。」

蕭七懷疑的道：「可是……」

幽冥先生截口道：「我現在看來非獨不像四十六，甚至六十四也不像，加起來倒還差不多。」

蕭七道：「這相信並非晚輩一個人才這樣以為。」

幽冥先生道：「就連我也一直當自己已經七老八十！」

蕭七試探道：「到底是什麼原因？」

幽冥先生道：「毒！」

蕭七聳然動容道：「是什麼毒？」

幽冥先生道：「據說是來自蜀中唐門，再加上兩種人們認為最厲害的毒藥。」

蕭七道：「誰下的？」

幽冥先生道：「方才我已經對你說過的了。」

蕭七正要說什麼，幽冥先生話已經接上了，道：「所幸我內力深厚，一發覺中毒，便自運功將毒迫出了大半，饒是如此，餘毒也夠我消受了，不過一月，頭髮盡落，再長出來，卻是白色，膚色亦日漸發白，連眼珠都沒有例外。」

蕭七倒抽一口冷氣，道：「好厲害的毒！」

幽冥先生道：「最厲害的是所有機能都受影響，人自然就很快的衰老起來。」

他笑笑接著道：「我若是不說出姓名，告訴你才四十六，相信你一定不肯相信。」

蕭七不覺頷首。

趙松忽然道：「那些人毒你不死，只怕自己就得要死了。」

幽冥先生道：「這話怎樣說？」

趙松道：「難道你竟然不加追究，就那樣放過他們？」

幽冥先生道：「你看我可是一個那麼量大的人？」

趙松冷笑：「我看當然是不像。」

幽冥先生微喟道：「老實說，當時我的確想暫時不跟他們算那個賬的。」

趙松懷疑的「哦」地一聲。

幽冥先生道：「因為我當時自己亦知道餘毒尚未清，非要好好休息一下不可，他們卻不肯給我那個時間，一心想把握機會將我結果，我沒有辦法，明知道後果不堪設想，也只得跟他們拚個死活了。」

趙松皺眉道：「他們一共多少人？」

幽冥先生道：「不多不少，恰好五十個。」

趙松道：「都給你殺了？」

幽冥先生道：「嗯！」

趙松道：「你好狠的心！」

幽冥先生道：「不是他們死就是我亡，除此之外你叫我怎樣？」

趙松乾瞪眼。

幽冥先生接著道：「事後我倒也有些後悔！」

趙松道：「後悔些什麼？」

幽冥先生道：「我給他們殺掉只是一條人命，我殺掉他們卻是五十條人命。」

趙松冷冷一笑道：「當時你可有通知官府？」

幽冥先生道：「找誰去？」

趙松道：「你自己難道走不動了？」

幽冥先生道：「豈止走不動，根本就昏迷地上。」

「那麼總有甦醒的時候。」

「我醒來已是幾天之後，餓得兩條腿都軟了，到塞飽了肚子，神智又模糊起來，跟著差不多過了一個多月，腦袋都是空空洞洞的，除了吃東西，什麼都沒有想到。」

趙松冷笑。

幽冥先生接道：「及至我神智完全清醒的時候，那些屍體都已開始腐爛了，我若是那個時候通知官府，你以為官府會不會相信我？」

趙松不由不搖頭。

幽冥先生道：「這就是了，所以我趕緊埋好屍體作罷，幸好我個性孤僻，與親友都甚少往來，住的又是荒郊，等閒沒有一個客人，否則事情真也由不得我。」

趙松悶哼道：「你說的都是實話？」

幽冥先生反問：「以你看呢？」

趙松怔在那裡。

幽冥先生笑接道：「這已是十七八年前的事情，無論如何，現在都是一樣，難道你還想追究事情的真相，定我的罪？」

趙松怔怔的望著幽冥先生。

幽冥先生又道：「經過這麼多年，你以為是否仍可以再找任何證據？」

趙松冷冷道：「你就是因此不怕將事情說出來。」

幽冥先生連連搖頭，道：「非也非也，吾家祖訓，生不入官門，死不進地獄，換句話說，就是叫我們做子孫的，千萬不要做壞事，我做的雖然不算得什麼壞事，但殺了那麼多的人，良心實在有些不安，難得有這個機會，豈可不乘機坦白一番。」

趙松道：「這樣良心就好過了？」

幽冥先生道：「好過得多了。」

他忽然又大笑了起來。

——這個老東西腦袋莫非有問題？

趙松瞪著幽冥先生，不覺起了這個念頭。

蕭七也怔了。

好一會，幽冥先生才收住笑聲，眼珠子轉了一轉，道：「你們可知道，我為什麼會笑得這樣子開心？」

蕭七道：「為什麼？」

幽冥先生道：「吾家祖訓生不入官門，死不進地獄，今天我卻非獨在地獄打了一個轉，而且還被鎖在官門之內，你說這是不是有趣得很？」

蕭七苦笑。

趙松卻冷笑道：「你豈非一直都是住在地獄之內？」

幽冥先生問道：「你是說我那個莊院嗎？」

趙松道：「門前橫匾不是寫得清楚，那就是地獄。」

幽冥先生道：「卻不是真的。」

趙松道：「難道你今天進過了一個真的地獄？」

幽冥先生沉吟著道：「也許。」

趙松道：「真的地獄又是怎樣子？」

幽冥先生道：「我也不清楚！」

他夢囈也似接道：「那會子我好像仍然在莊院的大堂之內，又好像已經墮入地獄之中，那些判官鬼卒，馬面牛頭，只是瓷像，可是那會兒都動起來，閻羅雙王更朝我瞪大了眼睛，一個的目光有如冰雪，一個的目光有如火焰，而且，竟然會飛出來。」

趙松奇怪道：「你是說什麼？」

幽冥先生呻吟著道：「火燄，那個女閻羅朝我一瞪眼，竟然有兩團火燄從眼眶裡飛出來，我才給男閻羅一瞪眼，如同置身冰雪中，那剎那竟然毫無寒意，反倒是如遭火焚，嚴寒酷熱，辛苦極了。」

他說著，面上不覺露出了一片恐懼的神色。

看樣子，他並不像在說謊。

蕭七、趙松相顧一眼，無不顯得詫異之極。

郭老爹與那兩個捕快卻聽得由心寒了出來。

幽冥先生接道：「我平日塑造那些瓷像倒也不覺得怎樣，反而弄得越恐怖就越高興，誰知道它們動起來，卻是那麼可怕，幾乎沒有嚇破我的膽子。」

他苦笑了一下，又道：「葉公好龍，看見真龍出現，便嚇得抱頭鼠竄，當時我大概就是那種心情吧。」

趙松道：「你其實也應該塑造幾個像人的瓷像才是，那最低限度，總算也有人壯膽。」

幽冥先生道：「可惜我生平所見到的人不是面目可憎，就是一肚子壞水，有幾個叫做比較好的人，亦不見得好到那裡，我實在提不起那個興趣。」

趙松道：「你們四公子不是很好？」

幽冥先生道：「好什麼？蕭西樓文不如杜茗，武不如董千戶，杜茗有時候簡直就像個婆娘，董千戶性情像牛一樣，整天賣弄那身蠻力，言語無味，脾氣更就臭得要命。」

趙松道：「那麼你……」

幽冥先生截口道：「我有眼無珠，想起已有氣，若是塑造一個自己的瓷像放在面前，保管一個時辰也不用，不是我砸碎它，就是它氣死我。」

趙松道：「連自己你都厭惡，別人還用說？所以你就算無端殺人，也不是件值得奇怪的事。」

幽冥先生笑而不語。

蕭七隨即轉回話題，問道：「老前輩連人帶椅摔倒在地上，莫非就是因為驚於閻羅雙王的瞪眼？」

幽冥先生道：「可不是。」

蕭七道：「然後那個地獄使者就出現了？」

幽冥先生道：「嗯。」

蕭七問道：「那個地獄使者是怎樣一個樣子的？」

幽冥先生道：「是一個骷髏，裹在黑布內。」

蕭七面色微變，道：「然後他引來了地獄之火？」

幽冥先生道：「起火的時候我已經魂飛魄散了。」

蕭七道：「那是真的火？」

幽冥先生急問道：「我那幢莊院到底怎樣？是不是全給燒了？」

蕭七道：「在我離開的時候，整個大堂已變成了火海，火燄並且已到處流竄，不過方才那一場暴雨，相信已足以將火熄滅，燒去的大概只是那個大堂而已。」

幽冥先生叫起來：「那可是我的心血所在。」

蕭七道：「恕我無能為力挽救。」

幽冥先生面容倏的又一寬，道：「燒掉了也好，省得我以後看見心驚肉跳。」

他連隨問道：「可是你從棺材裡走出來將我救出去？」

蕭七點頭道：「幸好棺材並沒有釘得太穩，否則莫說救人，便是自己也救不了。」

幽冥先生道：「但是我卻也釘了六枚釘子之多，要破棺而出也不是一件容易的事情。」

蕭七道：「的確不容易。」

幽冥先生道：「若換是別人，心固然難免大亂，手只怕亦已嚇軟，只有等死的份兒。」

蕭七道：「這也未必。」

幽冥先生道：「無論如何，你比你那個老子是強多了。」

蕭七淡然一笑。

幽冥先生接問道：「你破棺而出，可見到那個地獄使者？」

蕭七搖頭道：「只見周圍火燄飛揚，迅速蔓延。」

幽冥先生道：「我那時仍在那張長案之後？」

蕭七道：「而且身上衣服已著火。」

幽冥先生目光落在衣衫之上，打了一個寒噤，道：「好險，若是你出遲片刻，我豈非準得給火烤熟？」

蕭七笑道：「就算不全熟也得半熟了。」

幽冥先生抬頭道：「大概女閻羅就看在你面上至此為止，不再懲罰我，而且將我的魂魄放回原處吧。」

蕭七道：「也許吧！」

幽冥先生瞪著蕭七道：「在那種情形之下，若換是別人，逃生猶恐不及，況且又是我將你釘在棺材之內，怎麼你還要出手相救？」

蕭七道：「要我見死不救，由得你活活燒死，這是辦不到。」

幽冥先生道：「為什麼？」

蕭七道：「雖然我有時心狠手辣，但只是對待那種邪惡之徒而已，你到底是怎樣一個人，到現在我仍然未清楚，萬一你是一個大好人，我見死不救，豈非要一生良心不安。」

幽冥先生嘟喃道：「我雖非邪惡之徒，卻也不是一個大好人。」

趙松冷笑。

蕭七接道：「況且，我們還有一些事情必須問清楚你。」

幽冥先生好像沒有聽到蕭七這句話，繼續嘟喃道：「現在卻輪到我一生良心不安了。」

蕭七道：「哦？」

幽冥先生歎息道：「我活到這年紀，從來不曾受過他人的半點恩惠，想不到卻受了你的救命大恩，這你說要命不要命。」

蕭七笑笑道：「原來這回事，你可以當作完全沒有這件事發生過！」

幽冥先生上上下下的打量了蕭七兩遍，道：「你看來似乎是一個施恩不望報的人，可惜我也不是一個忘恩負義之徒。」

一頓接道：「什麼時候，我總要找個機會，也救你一命。」

連隨又歎了一口氣，說道：「這豈非由現在開始我就要侍候在你左右，等候機會？」

蕭七一皺眉頭，道：「那麼你是認真了？」

幽冥先生瞪眼道：「怎麼？難道你當我在開玩笑？」

蕭七道：「既然前輩刻意要報答，那麼我們不如索性就來一個公平交易。」

幽冥先生道：「你說來聽聽。」

蕭七道：「只要前輩肯老實回答我幾個問題，我們之間的恩怨就從此一筆勾消怎樣？」

幽冥先生不禁一怔道：「這可是你說的呵！」

蕭七道：「嗯。」

幽冥先生道：「那麼我們就一言為定了。」

他連隨催促道：「你要問什麼只管問，知無不言。」

「那麼晚輩斗膽先問一句，」蕭七目光一轉，手指放在桌子上那具屍體，問道：「前輩為什麼要殺死這個女孩子？」

幽冥先生反問道：「她是誰？」

趙松一挑眉，方待說什麼，蕭七已應道：「也許就是杜飛飛。」

幽冥先生又接著問道：「杜飛飛是什麼人？」

趙松道：「杜茗的長女。」

幽冥先生「哦」一聲，忽然皺起了眉頭，道：「老杜的長女叫做飛飛？」

蕭七奇怪道：「前輩這句話是什麼意思？」

幽冥先生道：「老杜的長女彌月之際也曾給我帖子，我沒有親身前去恭賀，教僕人送去一份禮物。」

他思索著道：「如果我沒有記錯，他給長女起的名字並不叫飛飛，而是叫……」

他一再搖頭，一時間似乎想不起來。

蕭七試探道：「是不是仙仙？」

幽冥先生猛然脫口道：「不錯，是叫仙仙。」

蕭七道：「那是多少年之前的事？」

幽冥先生道：「大概在我中毒被害之前的幾月，所以我記得這麼清楚，亦是說仙仙這孩子今年應該就有十八歲大了。」

蕭七點頭道：「嗯！」

幽冥先生道：「至於後來他何時多了飛飛這個女兒，我可就不清楚了。」

蕭七道：「飛飛是仙仙的姊姊。」

幽冥先生道：「真的不是妹妹嗎？」

蕭七道：「前輩也許忘記了。」

幽冥先生道：「我的記憶還不至於這樣差，若說是老杜糊塗同樣沒有可能，難道是第二個女人替他生的，當時一直藏在外面？」他怪笑起來，道：「只有這個解釋了，你也許不知，老杜這小子有美劍客之稱，在外面一直風流得很。」

蕭七道：「是也好，不是也好，都無關要緊，現在要知道的，只是飛飛的死因。」

幽冥先生笑聲一頓，正色道：「你們找錯人了，我既不認識杜飛飛，也沒有殺過人。」

蕭七盯著幽冥先生，還未開口，趙松已冷笑道：「你這樣回答早在我意料之中，殺人兇手否認殺人本來就是司空見慣的一回事。」

幽冥先生笑顧趙松道：「我若是殺人兇手，早就開溜了，怎還會待在這兒？」

趙松道：「但是你卻是非待在這兒不可！」

幽冥先生搖頭道：「你錯了。」緩緩將抱住後腦那雙手抽出來。

在他那雙手的手腕之上，本來都鎖著手銬，現在卻都已打開，變了握在他的右手中，他笑接口道：「他以為這東西真的能夠鎖住我？」

趙松驚愕問道：「這副手銬你怎麼弄的？」

幽冥先生道：「莫非你忘了我有一雙巧手？」

他那雙鳥爪也似的手緩緩一翻，繼續道：「在睜開眼睛的時候，我已經暗中將鎖弄開，因為我實在也有些懷疑自己究竟是否陷身地獄之內，也不想束手待斃。」

趙松冷笑道：「你這個老小子好狡猾啊。不過你若是以為弄開了鎖鍊就可以離開，便將這個衙門看得太簡單了。」

幽冥先生道：「哦？」

趙松道：「首先你得把趙某人放倒，否則休想踏出這個房間半步。」

幽冥先生道：「有件事我還沒有告訴你。」

趙松道：「說。」

幽冥先生雙手又一翻，道：「我這雙手除了巧之外，還有力，很有力！」

說著他右手五指陡地一緊，握在手中那副手銬立時扁了。

趙松心頭一凜。

幽冥先生又道：「還有，這條鐵鍊也是一樣很好的武器。」倏的一揮右手，只聽到「嘩啦」的一聲，連著那副手銬的那條鎖鍊立時毒蛇般飛出，擊在丈外一扇窗戶之上。

那扇窗戶「轟」地四分五裂，碎片激射，鐵鍊剎那倒捲，飛回幽冥先生手中。

十三　地獄使者

趙松面色大變，旁邊兩個捕快的右手不覺已抓住了腰間的佩刀。

郭老爹半側身軀，看樣子已準備隨時往桌底下鑽。

蕭七卻若無其事。

幽冥先生旋即抛了手中鐵鍊，目注趙松道：「總捕頭雖然武功高強，但出其不意，只怕亦不難為我所算。」

趙松不能不點頭。

幽冥先生接道：「所以我要離開，其實也是很容易的。」

趙松只有點頭。

幽冥先生又道：「但我若是就此離開，豈非就等於承認自己是個殺人兇手，畏罪潛逃，那時候我即使沒有在這裡傷人，總捕頭也一樣不會放過我。」

趙松冷笑道：「你知道最好。」

幽冥先生皺眉道：「老實說，這件事我也非常奇怪。」

他說著拋下手中鐵鍊。

趙松面色一寬，似欲有所舉動，蕭七即時手一攔，道：「趙兄且先聽他怎樣說話。」

「也好。」趙松有些無可奈何。

幽冥先生接問道：「你們到底在哪兒找到那具屍體？」

蕭七道：「在城外。」

幽冥先生道：「不是在我那個捺落迦？」

蕭七搖頭。

幽冥先生道：「那怎麼會懷疑到我頭上？」

蕭七道：「因為屍體是藏在一個瓷像之內，那個瓷像塑的是那一個羅剎女鬼，與你那個莊院之中的極之相似！」

郭老爹插口道：「手工精細，不比普通，所以我才會想到你閣下！」

幽冥先生側首道：「你是哪一位？」

郭老爹道：「人家都叫我郭老爹，是衙門的仵工，不過，年輕的時候，卻是個陶工，所以那個瓷像手工的優劣，多少也看得出來。」

幽冥先生又問道：「你到過我那兒？看過我塑的瓷像？」

郭老爹道：「閣下莫非忘記了，在多年前曾經函約這兒有名陶工前往閣下那個莊院參觀那些瓷像嗎？」

幽冥先生一怔，忙笑道：「是有過這件事，我也不知道怎的會生出那個念頭，大概那是富貴不還鄉，如錦衣夜行的心理作祟，怎麼？也有你的份兒？」

郭老爹搖頭道：「就算那會子我仍然幹陶工那一行，也沒有那個資格接受閣下的邀請，不過鄰近的幾位前輩都在閣下邀請之列，回來都無不讚不絕口。」

幽冥先生大樂，怪笑不絕，突然一頓，道：「那個瓷像現在呢？」

郭老爹道：「因為要弄出屍體來，已鑿碎了。」

幽冥先生道：「全都鑿碎了？」

郭老爹道：「這是無可避免之事。」

幽冥先生不禁連聲歎息道：「可惜可惜！」

蕭七道：「前輩的意思……」

幽冥先生道：「若是那個瓷像沒有碎，我也許可以看得出那是誰家的製品，要知那正如武功一樣，每一家都有每一家的特徵。」

蕭七一怔道：「我們可沒有考慮到這方面。」

幽冥先生想想又問道：「方才你用到也許那兩個字，莫非死者的身分仍未能夠確定？」

蕭七道：「屍體的皮膚不少都黏在瓷片上，是以面目破爛不堪，根本無法辨認，我們只是從戴在屍體手腕上的一只玉鐲來假定。」

他歎了一口氣，又道：「希望當然就不是杜飛飛。」

幽冥先生道：「老杜與老蕭是結拜兄弟，你們當然也很要好。」

蕭七道：「我與她們姊妹正所謂青梅竹馬長大，簡直就和兄妹一樣。」

幽冥先生道：「你到過她們家了？」

蕭七頷首道：「事實證明飛飛已經失蹤了幾天。」

幽冥先生道：「這的確不妙得很。」

蕭七無言輕歎。

幽冥先生忽然道：「可否讓我看一看那個屍體？」

趙松道：「就放在桌上！」

幽冥先生緩緩站起身子，他站起來的時候，腳鐐的鎖亦已打開，趙松看在眼內，只有苦笑。

郭老爹不用吩咐，將覆在屍體上的白布拉下。

幽冥先生只望一眼，雙眉便自緊鎖，但仍然走近去，俯首細看一遍。

然後他歎了一口氣，揮手叫郭老爹覆回白布，回過頭來，道：「不將她弄出來還好。」

蕭七道：「當時大家一心想知道瓷像之內是否藏有屍體，並沒有考慮到那許多細節。」

幽冥先生倏的打了一個寒噤，道：「好可怕的手段，這個兇手的腦袋只怕有問題。」

趙松冷冷道：「就像你。」

幽冥先生搖頭道：「比起他，我可差得遠了。」

他淡然一笑，接著道：「我也一直自以為自己的腦袋有問題，而且已無藥可救，但現在看來，似乎還不至於那麼嚴重。」

趙松瞪眼道：「你將小蕭困在棺材內之際，不是曾說過，要將他燒成瓷像？」

蕭七也望著幽冥先生，道：「前輩當時的確這樣說。」

幽冥先生苦笑道：「我是聽到你們在堂中那番說話，故意如此唬嚇你，便是那一劍，也看準了才刺進棺材。」

趙松冷哼一聲，道：「這種玩笑也開得的？」

幽冥先生道：「其實也怪不得我。」

趙松道：「哦？」

蕭七應道：「是我弄壞他的棺材在先的。」

幽冥先生笑笑道：「你若非躲進棺材之內，我也想不出這個主意。」

蕭七苦笑道：「這叫做弄巧反拙。」

趙松道：「這老小子油腔滑舌，莫教被他騙了。」

蕭七沉吟道：「殺人的若是他，那個所謂地獄使者也不會找到他的頭上，而且引來地獄之火，欲置他於死地。」

趙松一想也是，幽冥先生接道：「我那些瓷像之內也沒有藏著屍體。」

趙松道：「有沒有，並不難知道。」

幽冥先生微喟道：「反正那一場地獄之火，勢必會弄壞不少瓷像，你不妨著人將它們鑿開來一看。」

「若是找出屍體來，可有你看的。」趙松心念一轉，「大堂那面暗壁之後到底是什麼地方？」

幽冥先生道：「一條地道，通往我建在地下的書齋，寢室，還有存放食物的倉庫。」

趙松瞪眼道：「你瘋了！」

幽冥先生沉聲道：「這是為安全設想，一朝經蛇咬，十載怕井繩，你沒有被別人那樣暗算過的經驗，相信很難體諒到我的心情。」

趙松怔在那裡。

幽冥先生突然又怪笑一聲。「再說，我若是住在上面那就不像捺落迦的了，到底我仍然是一個人。」

他怪笑接道：「也因為我仍然是一個人，叫我在夜間伴著那些瓷像睡覺，可也滿不是滋味，即使在白天，看見那些瓷像有時我也會肉跳心驚。」

趙松真有些啼笑皆非，沒好聲氣的說道：「這算作什麼？那些瓷像可全部是你自己弄出來的，還怕什麼？」

幽冥先生道：「我所以塑造那些瓷像，主要的目的是藉此來鍛鍊，表達自己的技巧，經過那件事，對於生人我實在沒有多大好感，死人的形相卻是一點也都不美，那除了地獄諸般鬼怪之外，叫我去塑造什麼？」

趙松道：「天神不是更好嗎？」

幽冥先生搖頭道：「不成，那太像人了。」

這次卻到趙松搖頭了。

幽冥先生自嘲的接道：「況且我變成這個樣子，豈非正好就與鬼為鄰？」

蕭七道：「前輩這種心情並不難明白，不過，據說鬼也是人變成的，從前輩總是以人為大前提這點看來，對於人，前輩也並非完全是深痛惡絕。」

幽冥先生苦笑道：「嗯，可惜我現在才遇上了一個你這樣不錯的人。」

蕭七道：「好像我這樣的人比比皆是，前輩應該多些進城來走走。」

幽冥先生道：「你這是叫我嚇人。」

蕭七道：「前輩現在的樣子其實也不怎樣難看，最低限度，我們幾個人都不覺得可怕。」

趙松一旁聽到這裡，欲言又止。

幽冥先生沒有在意，只盯著蕭七，忽然大笑道：「好小子，真有你的，我現在倒有些給你說動了。」

他大笑著接道：「其實我那兒也並非只得我一個活人。」

蕭七道：「還有誰？」

幽冥先生答道：「是父子兩人，都姓劉。」

蕭七莞爾道：「當然了。」

幽冥先生道：「我塑造瓷像的材料還有那些食物，都是他們父子替我打點的。」

蕭七道：「他們是否躲在牆壁內，那可糟糕了！」

幽冥先生搖頭道：「老劉七年前已經病逝，他在生的時候也很少留在莊院內，反倒是小劉，懂事以來一直就侍候在我左右，卻不知什麼原因，月前他出去之後，就沒有回來。」

蕭七道：「他出去是幹什麼？」

幽冥先生道：「莊院內的米糧已快要吃光，是我吩咐他出去補購，誰知道一去無蹤。」

他歎息一聲，接道：「也許他已經厭倦了住在那樣的莊院裡，對著這樣的老怪物。」

蕭七道：「這個小劉有多大？」

幽冥先生道：「快三十，其實也不小的了。」

蕭七道：「是怎樣一個人？」

幽冥先生道：「矮個子，有幾分傻氣，人倒是挺老實的。」

他嘟喃接道：「我對他自問也是不錯，每次他回家探母，非獨沒有留難他，而且多少也給他一些銀兩回去，現在他走了，一句話都沒有交代。」

蕭七道：「會不會家裡發生了事，一時走不開？」

幽冥先生道：「是這樣亦未可知。幸好莊院內還養有不少雞鴨，不過也快盡了，今天我吃的那隻雞已是最後的一隻，他今天若是不回，明天我就得走出莊院嚇人了。」

趙松道：「這個問題我們現在已經替你解決，這幾天內，說不定也無須你為此擔憂。」

幽冥先生道：「總捕頭意思是說，要將我留在這兒？」

趙松道：「嗯。」

幽冥先生卻笑起來，道：「妙極了，妙極！我正想嚐試一下監牢滋味如何！」

趙松又怔住。

幽冥先生一邊笑，一邊繞著那具屍體打了一個轉，然後倏的怔住在一旁，一副若有所思的模樣。

趙松沒有理會他，轉向蕭七道：「蕭兄看見了仙仙姑娘沒有？」

蕭七點頭，雙眉緊鎖。

趙松鑑貌辨色，道：「莫非又發生了什麼事情？」

蕭七道：「這件事情現在發展得更加詭異了。」

趙松傾耳細聽。

蕭七將杜仙仙方才的遭遇說了出來。

不獨趙松他們聽得心膽俱寒，怔住在那裡，幽冥先生也詫異之極，追問了下去。

蕭七索性將杜飛飛失蹤前一段遭遇也覆述一遍。

幽冥先生亦聽得怔住，好一會，才如夢初醒的道：「杜仙仙不會說謊的吧？」

蕭七道：「那個骷髏你不是也見到了嗎？」

幽冥先生雙手捧頭，一旁坐下，道：「怎麼竟然真的有所謂地獄雙王？有所謂地獄使者？」

蕭七歎了一口氣。

幽冥先生目光一轉，笑顧蕭七道：「看來你的福氣倒也不小。」

蕭七只有歎氣。

幽冥先生又道：「不過女閻羅竟然會打翻了醋罈子，竟然要一再的殺人，卻也是大出意料之外的。」

趙松又插口道：「其他的，難道就在你意料之中？」

幽冥先生道：「我若是沒有幾分相信，也不會弄出那麼一個捺落迦來。」

他倏的打了一個寒噤，道：「如此看來，我遲早也是要進地獄了。」

趙松道：「這豈非遂了你的心願？」

幽冥先生苦笑道：「我可沒有杜家姊妹那麼幸運，只怕一下去，就得被放在油鍋裡滾一滾。」

趙松聽得好笑，卻尚未笑出口，心頭已自寒了起來。

眾人也呆在那裡。

驀地裡，幽冥先生叫起來：「不對不對。」

蕭七脫口道：「什麼不對了？」

幽冥先生道：「那個引來地獄之火的若真的是地獄使者，便該知道我當時說的乃是假話，知道我實在才得四十六歲。」

蕭七動容道：「嗯。」

幽冥先生接著道：「這其中只怕另有蹊蹺。」

蕭七沉默了下去。

幽冥先生瞪著蕭七，道：「你有沒有什麼仇人？」

蕭七道：「很多，但無論什麼仇人，相信也不會用這種手段來報復。」

幽冥先生道：「不錯，不錯。」

他一笑接道：「這倒像一個女人得不到一個男人的歡心，又或者一個女人被她心愛的男人遺棄了，移情別戀，妒忌起來，反愛成恨，將那個男人愛的女人，與愛上那個男人的女人都一併怒上，殺之然後才甘心。」

趙松瞪眼道：「你說到哪裡去了？」

幽冥先生道：「這件事若是人為，也就只有這一個解釋比較合理的了。」

趙松道：「哪有這樣的女人？」

幽冥先生笑瞇瞇的望著趙松道：「非獨有，而且多得很。」

趙松道：「哼。」

幽冥先生笑接道：「看來你對於女人的心理還不大了解。」

趙松道：「你難道就了解了？」

幽冥先生道：「我最少見過三個那樣的女人，幸好她們的武功都不大好，所以還沒有闖出什麼禍來。」

趙松閉上了嘴巴。

幽冥先生轉顧蕭七道：「以他這樣英俊瀟灑，年輕有為的小伙子自然必會有很多女孩子垂青，所以即使闖出這種禍也不足為奇。」

蕭七苦笑道：「晚輩一直都行規步矩，說話亦一直檢點得很。」

幽冥先生道：「我看你也是。」

他卻又接問一句：「你仔細想想，在江湖上可曾招惹過什麼女人？」

蕭七不假思索，道：「沒有。」

幽冥先生道：「怕只怕襄王無夢，神女有心。」

蕭七微喟道：「這就不得而知了。」

幽冥先生又問道：「在樂平這裡又如何？」

蕭七道：「除了杜家姊妹，就只有一個董湘雲比較接近。」

幽冥先生道：「董湘雲又是誰家的女兒了？」

趙松道：「董千戶。」

幽冥先生摸摸腦袋，道：「莫再像董千戶那個臭脾氣才好。」

趙松一笑道：「只怕比董千戶還要凶上一倍！」

幽冥先生一怔，道：「什麼？」

趙松道：「這位董大小姐有個外號叫火鳳凰，這周圍百里，不知道她的人大概沒有幾個，看見她不想趕快開溜的，相信就更少了。」

幽冥先生道：「有這麼厲害？」

趙松道：「這裡的酒樓最少有兩間被她拆掉了一半。」

幽冥先生一吐舌頭，道：「乖乖。」

趙松歎息道：「別的人我倒不大清楚，只是我老遠看見她，頭自然就會痛了起來。」

幽冥先生道：「能夠令一個地方的總捕頭老遠看見就頭痛的女孩子，縱然不細說，我也想像得到她有多厲害。」

趙松道：「幸好她雖然天不怕，地不怕，老子也不怕，對於一個人卻是聽話得很，所以只要那個人來得及時，還是可以制止得住她鬧下去的。」

幽冥先生道：「那個人是誰？」

趙松瞟著蕭七，幽冥先生順著他的目光望去，道：「不是這位吧？」

趙松道：「正就是這位。」

幽冥先生目注蕭七，咭咭怪笑道：「看來那位火鳳凰準是喜歡上你了。」

蕭七苦笑無言。

幽冥先生道：「像你這樣溫文有禮的小伙子當然不會喜歡那種女孩子。」

蕭七道：「哦？」

幽冥先生笑笑道：「那種女孩子愛得深，恨得切，得不到的東西，說不定寧可捽碎也不肯給別人。」

趙松問道：「不忍心捽碎又如何？」

幽冥先生道：「那自然就是將要得到這件東西的敵人擊倒，沒有人跟她搶，自然就是她的了，是不是？」

趙松道：「未必吧。」

幽冥先生道：「她卻是會這樣想。」

蕭七歎了一口氣，道：「幸好我並不是東西，是個人。」

幽冥先生笑笑道：「很多人都喜將人叫做東西的，我只是其中之一。」

蕭七道：「湘雲的脾氣雖然是凶一些，心地卻是善良的。」

幽冥先生道：「杜家姊妹的性格又如何？」

蕭七道：「飛飛沉靜而理智，仙仙嬌憨而溫柔，更不會做出傷害他人的事情，現在她們都是受害者，飛飛生死卜未，仙仙又已面臨死亡威脅。」

幽冥先生道：「除了她們，是否還有第四個？」

蕭七斷然道：「沒有了。」

幽冥先生斷然道：「這件事分明就是一派酸風妒雨，若不是人為，我們就惟有乾瞪著眼睛看事情發展，若是人為，你真要小心防範。」

蕭七道：「董湘雲？」

幽冥先生不答，又說道：「這若非人為，是女閻羅在吃乾醋也不無可能，我確實也看見閻羅雙王瞪眼睛。」

蕭七忽然道：「會不會是前輩喝醉了，生出來的幻覺？」

幽冥先生道：「我千杯不醉，那麼一壺酒，如何醉得了我？」

話口未完，突然一呆，道：「不過也真奇怪，我那天的酒量好像非常不好。」

他摸摸腦袋，道：「莫非我那個時候魂魄真的已經離軀殼？」

蕭七道：「若不是？」

幽冥先生道：「就一定是那壺酒有問題了。」

蕭七道：「那壺酒放在什麼地方？」

幽冥先生道：「地下的小酒窖內。」

蕭七道：「有誰知道那地方？」

幽冥先生道：「小劉。」

蕭七又問道：「前輩是否終日都在地下室之內？」

幽冥先生道：「日間我多數在後院揑瓷像。」

「小劉離開這一個月之內也一樣？」

「你以為我這種人會受他人影響？」

「應該不會。」

「不過即使我在地下室之內，小劉要進來，我也未必會發覺。」

蕭七道：「哦？」

幽冥先生道：「因為他是隻蜘蛛。」

「蜘蛛？」蕭七一怔。

幽冥先生道：「平日我習慣也是叫他蜘蛛。」

蕭七道：「為什麼？」

幽冥先生道：「他身材矮小，手腳卻又細而長，行動敏捷，活像蜘蛛一樣。」

蕭七沉吟起來。

幽冥先生道：「不過這個人忠厚老實，是絕不會算計我的。」

趙松冷笑道：「他若是真的如此，也不會不告而別。」

幽冥先生一呆，道：「也許他是出了什麼意外？」

趙松道：「這個人家在哪裡？我教人去打聽一下。」

幽冥先生又是一呆，道：「這個我可是不清楚，好像在城中。」

趙松道：「那他本來叫做劉什麼？」

幽冥先生搔首道：「好像叫大貴。」

趙松道：「你記清楚了？」

幽冥先生道：「大概不會錯的吧？」

趙松皺眉道：「看來你這個人其實也糊塗得很。」

他隨即吩咐一個捕快：「你帶幾個兄弟打聽一下，城中可有劉大貴這人。」

那個捕快應命退下。

幽冥先生目送那個捕快離開驗屍房，喃喃道：「小劉人很忠厚老實嘛。」

趙松冷冷笑道：「那你是寧可接受魂飛魄散這個解釋了？」

幽冥先生道：「那個地獄使者一時記錯了我的年紀亦未可知，很多小說不是都有記載地獄使者勾錯別人魂魄的故事，可知他們其實也不是很精明的。」

趙松盯著他，嘿嘿的冷笑兩聲。

幽冥先生目光一轉，又落在那具屍體之上，目不轉睛，若有所思。

這些動作蕭七看在眼內，有些奇怪，但仍然等了一會，才問道：「前輩對這具屍體莫非是有什麼懷疑？」

幽冥先生搖頭。

蕭七道：「那麼前輩如此留意那具屍體是……」

幽冥先生截口道：「要知道這具屍體的真面目並非全無辦法。」

蕭七追問道：「前輩這樣說……」

幽冥先生又截道：「辦法雖然有，卻也是麻煩得很，而且你們未必會同意。」

趙松道：「你真的有辦法回復死者的本來面目？」

幽冥先生斷然道：「有。」

趙松向蕭七道：「蕭兄以為如何？」

蕭七道：「一切總捕頭做主。」

趙松目光一轉，回對幽冥先生，半晌才說道：「好，我讓你試試。」

幽冥先生卻目注郭老爹道：「那麼先勞煩老人家設法替我找來塑造瓷像的諸般工具材料，都要最好的。」

郭老爹一呆，轉望向趙松。

趙松頷首。

郭老爹道：「這兒幾個陶工名匠與我馬馬虎虎叫做朋友，要張羅大概不成問題。」

趙松揮手道：「快快去。」

郭老爹站起身子，打了一個揖，連隨舉起了腳步。

幽冥先生目送他走出驗屍房，連連點頭。

蕭七忍不住問道：「前輩到底有什麼妙法？」

幽冥先生目光又回到那具屍體之上，半晌才從口中吐出四個字——「借屍還魂！」

十四 金雷

雨後卻斜陽，杏花零落香。

一支杏枝從杜家莊東面圍牆上伸了出來，枝頭的杏花大半已被風吹落，雨打落，零散在牆外的地上。

風仍急，殘餘的幾朵香花顫抖在風中，斜陽下看來那麼的悽涼。

又一朵被吹落。

一陣車馬聲即時隨風吹來了。

◇◇

得得馬蹄聲，轔轔車輪聲之中，一輛馬車不徐不疾的由東駛來。

馬蹄踏碎了落花，車輪輾碎了落花，停在杜家莊門前。

車把式沒有作聲，也沒有下車，甚至沒有將頭抬起來，在他的頭上，戴著老大的一頂竹笠。

車廂的門戶旋即打開，一個人躍了下來。

是一個中年捕快，一臉的鬍子，濃眉大眼，面色紅得出奇，快步奔上石階，立即拿起門上的獸環，用力敲在大門上。

門立即在內打開，一個老僕人探出頭來，看見站在門外的竟然是一個捕快，不由一怔，道：「這位……」

那個捕快道：「我是官府的捕快。」

語聲低沉，透著一種說不出的威嚴。

老僕人忙問道：「未知官爺到來有何貴幹？」

捕快道：「敢問你家小姐可在家？」

老僕人又是一怔，半晌問道：「官爺，你是……」

捕快補充道：「是問那位杜仙仙小姐。」

老僕人奇怪的望著那個捕快，道：「在的，不知……」

捕快截口道：「這裡有一封信，是蕭公子叫我送來的。」探手從懷中將一封信取出。

老僕人詫異問道：「哪位蕭公子？」

捕快道：「蕭七。」

老僕「哦」一聲，道：「蕭公子已回來了?我家主母正要找他呢。」

他連隨偏身，道：「請進來。」

捕快搖頭，只將信遞上，道：「勞煩將這封信交給你家二小姐，請她立即拆閱，隨我到城外走一趟。」

老僕道：「到底什麼事？」

捕快道：「蕭公子都已寫在信上，她一看就明白了。」

老僕接過那封信，疑惑的望著那個捕快。

捕快接道：「以我所知，是關係於杜大小姐的失蹤。」

老僕驚喜道：「什麼？大小姐有下落了？」

捕快催促道：「老人家，請。」

老僕人半身欲轉未轉，道：「二小姐就在大堂內，官爺請進去飲杯茶歇一歇，怎樣？」

捕快搖頭，道：「不，我等在這裡好了。」

老僕這才轉身舉步。

素白的信箋之上，龍飛鳳舞寫著兩行字。

——飛飛的生死已經水落石出。

——見字請立即隨來人出城一行。

信末的署名正是蕭七，這確實也是蕭七的筆跡。

杜仙仙分辨得出，拆開信一看，雙眉不由鎖起來。

她已換過一身濕衣，濕水的頭髮亦擦乾梳好，進內堂見過母親，然後才出來大堂。

蕭七的話她記得很穩。

那些婢僕未見她從大門進來，卻見她從後堂走出，都覺得很奇怪。

也只是奇怪而已，並沒有多問，仙仙也沒有多說，就是對母親，亦只有說尚未有任何杜飛飛的消息。

在事情尚未確實之前，她絕不想讓她的母親擔憂受驚。

大堂中婢僕不時進出，人多了，膽自然也壯了起來。

出來的時候，她隨手拿了兩卷詩集，幾冊書。

可是她又哪裡還有心情看書？不過捧著書冊在手，無論如何，總沒有那几凝眼，總勝過坐那裡發呆。

她繃緊的神經也逐漸鬆弛下來，但現在看到了那封信，立即又再繃緊。

——姊姊到底怎樣了？

她倏的站起身子，問那個老僕：「祥伯，你說送信來的是一個捕快？」

那個老僕叫做杜祥，自小賣入杜家。看著仙仙長大，卻是第一次看見仙仙這樣子緊張，一怔忙點頭應道：「是。」

仙仙又問道：「現在他人呢？」

杜祥道：「等候在門外。」

仙仙道：「怎麼不請他進來？」

杜祥道：「那位官爺說等在那兒就成了。」

仙仙舉起了腳步。

杜祥急問道：「小姐哪裡去？」

仙仙腳步一凝，道：「隨那個捕快去見蕭大哥。」

杜祥道：「是不是已經有大小姐的下落了？」

仙仙點頭，腳步再起。

杜祥追前兩步，又問道：「大小姐現在到底怎樣了？」

仙仙搖頭道：「仍然未清楚。」腳步不停。

杜祥追前道：「這件事，老奴以為最好跟主母說一聲。」

仙仙「霍」地收住腳步，目注杜祥，正色道：「在事情未清楚之前，還是不要驚動我娘，你知道的，我娘的身體一向不大好。」

杜祥變色道：「聽小姐口氣，大小姐莫非……」

仙仙截口道：「目前一切都只是推測而已。」

她連隨將手中那封信交給杜祥，吩咐道：「我娘若是聽到了消息，或者找我找得急，你就將這封信給她看，她知道我跟蕭大哥在一起，就會放心了。」

杜祥雙手接下，說道：「蕭公子武功很高強，小姐跟他在一起，老奴也放心得很。」

仙仙笑笑，再次舉起腳步。

杜祥恭送出去。

那個捕快果然等候在門外，一見到杜仙仙，欠身道：「這位想必就是杜小姐了。」

仙仙道：「嗯。」接問道：「這位大哥是……」

那個捕快道：「我叫做金雷，一向追隨趙頭兒出入。」

仙仙道：「先刻我在衙門，可沒有見到你。」

金雷道：「這是因為當時我奉命外出查案未歸。」

仙仙道：「你們辛苦了。」

「職責所在。」金雷道：「因事態嚴重，大夥兒這一次差不多完全出動了。」

仙仙轉問道：「蕭公子現在又在哪兒呢？」

金雷道：「在城西三里等候小姐。」

仙仙道：「是否有什麼新發現？」

金雷道：「好像就是了，我不大清楚，不過頭兒有話交代下來，蕭公子希望小姐盡快前往會合。」

仙仙道：「我這就起程。」

金雷擺手道：「馬車在這裡，請！」

——蕭大哥找得我這樣急，事情一定不尋常，姊姊莫非……

仙仙心情忐忑，實在不敢想像。

金雷再一聲：「請！」

仙仙忙移動腳步，向那輛馬車走去。

金雷亦步亦趨，下了石階，搶前一步，將車廂門拉開。

仙仙手一按，身一縱，便入了車廂。

車廂內很乾淨，放著兩個墊子，仙仙在左邊一個坐下，回頭卻見金雷並沒有跟上來，正在將廂門關上，道：「怎麼你不上車子？」

金雷停下動作，道：「這樣怎成，我到前面車座，跟車把式一起好了。」

仙仙明白他的心意，也不勉強，道：「辛苦了。」

「哪裡話。」金雷繼續將廂門關上，隨即轉身奔到車前，縱身躍上車座，坐在那個車把式的身旁。

那個車把式不用吩咐，手一揚，馬鞭叭一響，拖著車廂那兩匹健馬各自低嘶一聲，便撒開了四蹄。轔轔車聲立時又響了起來。

那個車把式繼續揮動鞭子，他始終都沒有取下那頂竹笠，也始終沒有抬頭。

這是不是有些奇怪？

杜仙仙並沒有留意那個車把式，杜祥也沒有。

他站在門前，目送那輛馬遠去，也不知怎的，心頭突然生出了一種不祥的感覺。

──大小姐沒有事就好了。

他心中默禱，完全沒有想到這種不祥的感覺，也可能是因為杜仙仙而生出來。

杜仙仙與蕭七在一起，應該是很安全的。

無論誰都會這樣想，是不是？

◇◇◇◇

馬車駛前十來丈。金雷倏的從車座旁邊拿起一件簑衣，一頂竹笠。

他迅速戴上了竹笠，將簑衣一披一攏，緊包住了身子。

杜祥那邊看不清他的舉動，仙仙在車廂之內，當然也看不見。

多了一頂竹笠，一件簑衣，金雷就一些也不像一個捕快，那頂雞毛帽子以及一身官服都已被竹笠簑衣所遮蓋。

看來，他是不想別人看出他捕快的身分。

他若真是一個捕快，又何懼別人知道他的身分？

若非捕快，是什麼人？

還有那個始終將面龐藏在竹笠下的車把式，又是什麼人？

◇◇◇

馬車終於出城。

西城。

並沒有什麼人留意這輛馬車，因為從外表看來，這實在只是一輛普通的馬車。

雨雖已經停下，街道上仍然遍佈泥濘，也有不少的路人，頭上仍然戴著竹笠，身上仍然披著簑衣，或者拿在手裡。

仙仙靜坐在車廂之內，偶然推開窗戶外望，亦沒有引來他人注目。

仙仙也無意引來他人注目。

本來她就是一個很內向的女孩子，不像「火鳳凰」董湘雲。

出城三里，馬車駛離大路，進入了左邊的一條小徑。

杜仙仙一直都沒有在意，忽然在意，推開窗戶一望，發覺馬車赫然行駛在荒僻的小徑之上，左右都是荒草樹木，不見人家。

她心中不知怎的忽然發出了一陣寒意，忍不住探頭問道：「金大哥，還要走多遠？」

「已到了。」一個陰森的聲音回答。

不是金雷的聲音。

仙仙聽在耳裡，不覺一呆。

——這聲音好像在哪裡聽過。

——在哪裡？

仙仙一時間又省不起來。

馬車即時戛然停下。

仙仙脫口問道：「這裡到底是什麼地方？」

那個聲音答道：「地獄的進口！」

仙仙不由又一呆。

也就這個時候，一個人從前面車座躍下來，正是那個車把式。

在他的頭上仍然戴著那頂竹笠。

才一落地，一股白煙就從他腳下冒起來。

開始的時候非常淡，但迅速變濃，眨眼間已將那個車把式埋在當中。

車把式這才舉起腳步，擁著白煙走過來。

杜仙仙瞪大了眼睛，一瞬也不一瞬的瞪著那個車把式，忽然一個念頭剎那電光一樣劃過她的心頭去。

——這個車把式莫非就是那個地獄使者！

——到底是怎麼一回事？

仙仙的纖纖素手緊緊握住腰間長劍的劍柄。

那個車把式也就在車窗前停下腳步，半截身子已被白煙所掩沒。

仙仙握劍更緊，厲聲道：「你到底是什麼人？」

車把式道：「地獄使者！」

語口未完，頭上那頂竹笠呼地飛開，露出了裹在黑布中的一個骷髏頭！

——正是那個地獄使者！

——怪不得聲音好像在哪裡聽過。

仙仙一聲呻吟道：「是你用詭計騙我來這裡？」

骷髏點頭道：「正是。」

仙仙道：「那封信……」

骷髏道：「是假的。」

仙仙有點不相信的道：「那分明是蕭大哥的筆跡。」

骷髏怪笑道：「有什麼我不能夠模擬的？」

仙仙道：「那個叫做金雷的捕快……」

骷髏道：「已經被我勾走去了魂魄，已無異是一個傀儡，所有的言行都是我的主意。」

仙仙道：「你……」

骷髏截口道：「人太多的地方我不能夠進去，供奉門神的門戶，我也不能夠進去。」

一頓接著道：「時辰卻已至，只有如此！」

仙仙面色大變。

骷髏的語聲更奇怪，呼喚道：「來啊，隨我來啊……」

仙仙的心神應聲一陣恍惚，眼瞳中終於露出恐懼之色。強烈的恐懼。

她猛咬了一下嘴唇，左掌疾揮，「嘩啦」一聲，馬車的窗戶立被她一掌拍碎，她右掌同時拔劍出鞘，人劍便待穿窗射出去！

也就在這剎那，她突然發覺那個骷髏已經移前來，距離窗戶不過三尺！

她半起的身形立時凝結，劍卻在那剎那刺了出去！

刺向那個骷髏頭！

「篤」一聲，劍正中那個骷髏頭，那個骷髏頭立時「噗」地粉碎。

裹著骷髏頭的黑布迅速萎縮，消失在白煙中，詭異慘厲已極的怪叫聲連隨從白煙中透出來，似哭非哭，似笑非笑，既像在呻吟，又像在叱責。

「杜仙仙，你好大的膽子，嗚——」

一樣的說話，一樣的聲調。

這豈非與杜仙仙在那幢荒宅之中的遭遇一樣！

杜仙仙面色慘白，握劍的手已起了顫抖，嘶聲道：「給我滾出來！」

那個地獄使者應聲從白煙中冒出來，卻是在七尺之外，萎縮的黑布竟已回復原狀，當中又裹著一個粉白的骷髏頭。

聲音又是一模一樣的骷髏頭，陰森森的冷笑道：「我的頭碎了又會復合，你卻是一進地獄就永不超生！」

杜仙仙由心寒了出來，雙手握劍，正準備捨命一搏，白煙中已出現了骷髏的一隻手。

杜仙仙到現在才看到那骷髏的手。

沒有血，沒有肉，只是慘白的骨骼，「格格」的在作響。

那個骷髏正在招手，道：「來，來來……來……」

杜仙仙立時感覺一陣昏眩，魂魄彷彿已開始飛散。

她同時發覺整個車廂不知何時已經白煙瀰漫，自己已開始迷離在白煙中。

旋即她嗅到了一種銷魂蝕骨的異香。

她的視線已逐漸模糊。

那種魄散魂飛的感覺，更濃重了。

她實在很想縱身奪窗射出，再劍刺那個骷髏，可是，已力不從心。

「叮」一聲，劍從她的右手脫落，連劍她都已無力握穩。

她一個身子亦搖搖晃晃的倒了下來，一雙眼睛仍然能夠睜大，眼睛中已露出了絕望之色。

那剎那之間，她想起了蕭七，想起了母親，想起了姊姊，想起了很多事情，歡樂的，悲傷的，紛至沓來。

她想叫，可是叫不出。

眼淚終於從她的眼睛流下來。

她的眼皮無力的緩緩闔上，終於失去了知覺。

完全失去。

◇◇◇◇

日落黃昏。

蕭七出現在杜家莊大門之前，他已經換過了一身衣衫，眉宇間的憂慮之色卻仍在。

門一拍就開。

探頭出來的老僕人杜祥，看情形，他一直就等候在門後，等候杜仙仙回來。

一見是蕭七來了，杜祥驚喜道：「蕭公子——」

蕭七目光一落，道：「祥伯，這麼久不見，你老好吧？」

杜祥不答，只顧往蕭七身後瞧。

蕭七大感奇怪，回頭一望，身後哪裡有人，長街寂寂，也並無什麼特別的地方，不由問道：「你老在看什麼？」

杜祥怔怔的望著蕭七，表情很特別。

蕭七不覺心頭一寒。

——莫非是鬼？

他竟然生出了這個念頭，這也難怪，今天他的遭遇實在太詭異了。

杜祥半晌才問道：「小姐呢？」

蕭七一怔，道：「飛飛！」

杜祥搖搖頭道：「老奴是問——二小姐。」

蕭七又是一怔，道：「仙仙不是在家裡嗎？」

這次卻是到杜祥一怔，道：「公子不是著人來請二小姐到城西走一趟？」

蕭七道：「沒有這種事。」

杜祥說道：「老奴這裡還留著公子的信。」

蕭七忙道：「拿來給我看看。」

杜祥從袖中將那封信取出。

蕭七一把搶過信來，將信箋抽出，抖開，目光一落，變色道：「這封信並不是我寫的。」

杜祥吃驚的道：「二小姐說是公子的筆跡。」

蕭七道：「筆跡不錯是非常相似，但我確實並沒有寫過這樣的一封信。」

他補充接道：「我也沒有出西城。」

杜祥這才真的吃驚，道：「那麼說這封信……」

蕭七道：「是別人冒我筆跡，騙仙仙出去！」

話說到一半，他面色大變，失聲呼道：「不好！」身子陡轉，但立即停下，回頭問道：「送信來的是什麼人？」

杜祥道：「是一個捕快。」

蕭七沉聲道：「這就難怪仙仙會上當了。」

杜祥道：「那個捕快他自稱是叫做金雷，還說是一向追隨趙頭兒出入，同來還有一輛雙馬大馬車。」

蕭七道：「他怎生樣子？」

杜祥道：「濃眉大眼，一臉鬍鬚。」

蕭七道：「仙仙就上了那輛馬車？」

杜祥努力思索著說道：「她在上車之前，那個金雷，曾說公子就在城西三里以外，等候小姐的。」

蕭七道：「還說過什麼？」

杜祥道：「沒有了。」

蕭七又問道：「那輛馬車是怎樣的一輛馬車，有沒有任何特別之處？」

杜祥道：「不覺得。」

蕭七又問道：「走了有多久？」

杜祥沉吟道：「差不多有兩個時辰的了。」

蕭七的面色已變得很難看，腳步突起，奔下石階。

杜祥追向前，連聲嚷道：「公子，公子！」

蕭七道：「我去找仙仙回來。」身形鷹隼般掠起。

一掠三丈！

◇

車轍由東而來，的確往西而去。

雖則已兩個時辰，因為遍地泥濘，仍然可以分辨得出來。

蕭七跟著車轍追到了大街，便已不能夠繼續下去。

大街上車轍縱橫，目光所及，就已有兩輛馬車正在奔馳。

樂平畢竟是一個繁盛的地方。

蕭七也沒有向西追下去，轉奔向衙門那邊。

馬車已經離開了差不多兩個時辰，就是再耽擱一時片刻，也無足輕重的了。

有兩個時辰，一輛雙馬的大馬車已可以馳出很遠，追既難以追得上，而且話是說西行，難道竟真的西行？

蕭七實在懷疑。

他也知道，無論是否西行，仙仙也不會發覺。

因為他清楚仙仙有生以來從未離開過樂平，莫說城外，就是城內，熟識的地方只怕也不多。

到她發覺不對路的時候，相信已經遲了。

——那個金雷到底是什麼人？這樣做到底有什麼目的？

——他到底要將仙仙騙到哪裡去？

——仙仙又會有什麼遭遇？

——若是仙仙有什麼不測……

蕭七再也想不下去了。

心亂如麻。

◈

「我手下並沒有一個叫做金雷的捕快。」這是趙松的答覆。

這個答覆早已在蕭七意料之中。

捕房內燈火已是亮起，趙松方在用膳，現在，卻已被杜仙仙遭人誘拐這個消息驚呆。

今天發生的事情已經夠他驚訝的了。

燈火昏黃，蕭七的面龐卻顯得有些蒼白，一雙眼睛紅絲隱現。

他已整整一天沒有好好的休息過。

趙松明白蕭七的心情，轉問道：「那個金雷是怎麼樣子的一個人？」

蕭七道：「根據杜家那個門房的敘述，這個人一面鬍子，濃眉大眼。」

趙松又問道：「那輛車又可有什麼特徵？」

蕭七道：「沒有，是一輛普通的雙馬大馬車。」

趙松沉吟道：「那個金雷並不是真的捕快，姓名相信也是胡亂捏造出來，甚至連鬍子只怕都是假的，騙得杜仙仙上車，當然就卸下那一身偽裝，馬車又並無任何特徵，而且又已經去了兩個時辰了，所以現在要找這輛車，這個人，實在困難。」

蕭七道：「我明白。」

趙松道：「話雖說是出西城三里，我相信這絕非實話。」

蕭七點頭道：「這除非在開玩笑，否則絕對沒有理由老實說話。」

趙松道：「毫無疑問，絕非是開玩笑。」

蕭七道：「嗯。」

趙松一再沉吟道：「不過，那輛馬車倒有可能仍然在城中，即使離城外也不會怎樣遠。」

蕭七道：「何以你會這樣想？」

趙松道：「這件事到現在可以完全肯定是因你而發，若是女閻羅所為，杜仙仙無疑死期已至，那個金雷乃是來自地獄的勾魂使者，那輛馬車則是地獄的鬼車，你我就是找，在人間也是白費氣力的，你說是嗎？」

蕭七道：「你相信真的有這種事？」

趙松搖頭道：「若非鬼神所為，我們便得考慮一下，幽冥先生那個老怪物的推測，那麼只要你仍然在城中，還未死，對方也應該不會離你他去，現在即使不在你附近窺伺，亦會在城中留下，看你如何的焦急，憂慮。」

蕭七沉默了下去。

趙松旋即轉身吩咐左右道：「丁漢、李成，你們立即召集所有的兄弟全城搜索打聽，看可有人見過，那樣的一個捕快駕馬車走過。」

左右兩個副捕頭應聲方待退下，趙松又叫住，道：「且慢，那個金雷可能已脫下捕快裝束。」

副捕頭丁漢道：「屬下省得。」

趙松再吩咐：「城中客棧尤其要小心，有可疑之人，要查問清楚。」

兩個副捕頭齊聲應是。

趙松又問道：「那位杜仙仙小姐，你們兩人都認識的了？」

副捕頭李成會意道：「若是有貌似的外來客人，不分是男女，我們都會著意查問。」

趙松道：「若是城中無下落，到城外打聽，東南西北各三里。」

李成道：「若是再沒有線索？」

趙松道：「暫回衙門，明天再繼續尋找。」

李成道：「頭兒留在這兒？還是去哪裡？」

趙松道：「無論我去什麼地方都會在這兒留下話，一有消息，立即送回。」

李成道：「是！」與丁漢雙雙退下。

趙松目送他們去遠，喃喃道：「我相信他們都不會有什麼收穫。」

蕭七道：「他們看來都相當精明。」

趙松微喟道：「沒有人比我更清楚他們的能力，一般的盜賊，他們是可以應付得來。」

一頓接道：「現在他們要應付的，卻若非極度聰明，就是不能捉摸，無跡可尋的，來自地獄的勾魂使者。」

蕭七道：「他們若是找不到任何線索，你我只怕也一樣。」

他苦澀的一笑，接著說道：「但無論如何，我都要找下去，一直到將仙仙找出來。」

說著他舉起了腳步。

趙松急問道：「蕭兄現在哪裡去了？」

蕭七道：「董家莊。」

趙松道：「找董千戶？」

蕭七搖頭道：「董湘雲。」

趙松道：「你相信幽冥先生推測？」

蕭七歎息道：「我平生最接近的女孩子除了杜家姊妹，就只有她了。」

他再次歎息，道：「幽冥先生推測未必真實，但目前，除了她之外，我實在想不出還有哪一個值得懷疑。」

趙松道：「看來你的確應該去找她好好的談談。」

蕭七「嗯」一聲，再次舉起腳步。

趙松追前道：「我與你走一趟。」一揮手，兩個捕快亦跟了上來。蕭七仿如未覺，自顧走路。

十五 妒

黃昏已逝，夜色漸濃。

董家莊前門簷下那兩盞燈籠已燃亮，兩扇朱漆大門卻緊閉。

蒼白的燈光照耀下，那個骷髏頭顯得更加白。

慘白！死白！

只是一個骷髏頭，就放在石階之上，之中，面向大門，浴著燈光散發出一抹淒涼、陰森森的光澤，驟看下，就像籠在一層霧氣之內。

骷髏的眼窩深陷，燈光下只見兩團黑影，鼻竇也只是一個黑穴，兩排牙齒微開，似笑非笑，既恐怖，又詭異。

——是誰將那個骷髏頭放在董家莊的門前？

蕭七第一個奔上董家門前的石階，也是第一個看見那個骷髏頭，不由自主的怔住。

趙松與兩個捕快緊跟在蕭七後面，看見有異，連忙加快腳步。

蕭七目光一掃，除了那個骷髏頭之外，並不見其他任何東西，這才緩緩蹲下身子，仔細打量那個骷髏頭。

趙松奔至蕭七身旁，目光一落，脫口問道：「這是什麼東西？」

蕭七道：「一個骷髏頭。」

趙松當然不會看不出，接說道：「好像並不是真的。」

蕭七「嗯」的應一聲，雙手將那個骷髏頭捧起來。

趙松實在有些佩服了，道：「蕭兄好大的膽子。」

蕭七淡笑道：「即使是真的骷髏頭也沒有什麼可怕，何況只是粉捏的。」

趙松一怔道：「粉骷髏？」

了。

蕭七放開捧著骷髏頭的一隻手，燈光下趙松看得清楚，那隻手已經被粉染白了。

「果然是粉捏的。」趙松摸摸鬍子，道：「杜姑娘在那幢荒宅一劍刺碎的只怕也就是這種骷髏頭了。」

蕭七道：「說不定。」屈指彈向那個骷髏頭的牙齒。

「噗」一下輕響，骷髏頭的三顆牙齒立時碎裂，白色的粉末蕭蕭落下。

趙松看在眼內，道：「這種骷髏頭造得雖然是真的一樣，但並不堅固，難怪杜姑娘一劍刺去立即碎成了粉屑。」

蕭七沒有作聲。

趙松接問道：「到底是誰將這個骷髏頭放在這裡？」

蕭七道：「想不出，也許就是那個地獄勾魂使者。」

趙松道：「這樣做有什麼作用？」

蕭七站起身子，道：「你看。」將手中那個骷髏頭對著趙松。

「看什麼？」趙松一面的詫異之色。

蕭七道：「骷髏額上刺的字。」

趙松這才發現。

骷髏額上有兩行字，左四右三，每個字都是拇指甲般大小，由一個細小的針孔連成。

——十七子時。

——董湘雲。

趙松又是一怔，道：「什麼意思？」

蕭七沉聲道：「這若是來自那個地獄使者，那個地獄使者倘若又真的是來自地獄，你說是什麼意思？」

趙松道：「十七子時就是董湘雲死期，他到時將會前來去取董湘雲的魂魄。」

蕭七道：「不錯。」

趙松動容道：「這當然又是女閻羅的主意。」

蕭七不作聲。

趙松接著說道：「蕭兄風流瀟灑，人中之龍，喜歡蕭兄的女孩子只怕不止杜家姊妹與這位火鳳凰董大小姐，難道那位女閻羅一個也不肯放過，定要殺個乾淨才肯罷休？」

蕭七歎了一口氣。

趙松目光一寒，道：「倘真如此，不可謂不是一場浩劫了。」

蕭七道：「這簡直就是瘋子所為，殺我一個人就是了，何必殺害無辜？」

趙松道：「大概是蕭兄得天獨厚，她雖然是幽冥死神，也不能夠隨心所欲，卻又瞧不過人間的女孩子喜歡上蕭兄。」

蕭七沉吟不語。

「對蕭兄她雖然無可奈何，對其他人她總有能力的，」趙松笑接道：「看來那位女閻羅並非打翻醋罈，簡直就掉進醋罈裡。」

笑語聲中，燈光搖曳，那個骷髏頭在燈光下的投影亦移動起來，眼窩彷彿在滚轉，鼻竇彷彿在抽搐，牙齒彷彿在磨動，看來更猙獰，就像在怪責趙松出言不遜。

趙松的目光仍然留在那個骷髏頭之上，看著不由得心頭一寒，再也笑不出來了。

蕭七好像看得出趙松的感受，微喟道：「我們似乎給這一連串的怪事，弄得連自己意志也把持不定了。」

趙松偏開目光，苦笑道：「不錯，這其實大有可能是人為。」

蕭七道：「否則這個骷髏頭盡可以在湘雲的面前突然出現。」

趙松道：「也許因為知道我們來這裡，假手我們送進去。」

蕭七搖頭道：「聽你這句話，你仍然有些相信這是女閻羅的所為。」

趙松反問道：「難道你真能夠完全否定？」

蕭七搖頭，道：「無論是人為抑或是神鬼的所為也好，這個粉骷髏都是一份帖子。」

趙松詫異的道：「帖子？」

蕭七道：「死神帖。」

「死神？」趙松更加詫異。

蕭七道：「帖主人是人也好鬼神也好，只要他有意思殺某人，有把握殺某人，就是那個的死神了。」

趙松一面頷首一面道：「這個骷髏頭放在這裡相信沒有多久。」

蕭七道：「不然早已被發現。」

趙松忽然道：「也許是董湘雲在做弄玄虛！」

蕭七聳然動容。

趙松接道：「她將骷髏頭擺放在家門之前，刺上自己的名字，豈非也變成受害者，也正好洗脫她自己的嫌疑？」

蕭七目光落在骷髏額頭那些字上，沒有作聲。

趙松接道：「說不定她已經知道我們在懷疑她了。」

蕭七道：「這果真是湘雲的所為，到現在為止，可一直都沒有露出任何的破綻，她自己相信也很清楚。」

趙松道：「你不明白了，一個人作賊心虛，就是沒有被懷疑，也會以為自己已經被懷疑，想辦法證明自己的清白。」

一頓接道：「她若也是成為受害者，我們若非先已懷疑，正所謂擔心她受害也惟恐不及，又如何會考慮到其他問題？」

蕭七點點頭道：「不過無論如何我們現在都要全力保護她。」

趙松道：「當然了。」

語聲未落，門閂起落聲忽響，一扇大門在內打開了。

蕭七回頭一瞥，就看見一個蒼老頭子。

那是董家的老僕人董忠，探乎一望，見是蕭七，大笑道：「老奴還以為什麼人在門外說話，原來是蕭公子，快請進來。」

蕭七道：「正要拍門進去。」

董忠目光一轉，道：「那位不是趙頭兒，怎麼也來了，都請進來坐。」

主人好客，僕人也是一樣。

蕭七連隨問道：「忠伯，怎麼這樣早就關上門戶？」

董忠道：「是主人吩咐，說是小姐離家半年，要好好聚聚，不想別人來騷擾，關上門，別人看見，也就知道我家主人不想見客了。」

一頓忙又說道：「蕭公子當然是例外的。」

趙松道：「我們是一起來的。」

董忠道：「這個老奴如何看不出來，請，請！」

趙松道：「你家主人現在在哪兒？」

董忠道：「在內堂與小姐用膳，也已經兩個時辰有了。」

趙松道：「一頓飯吃這麼久？」

董忠道：「半年不見，老爺自然與小姐好好的談談，問問她這半年來的遭遇，不過以老奴看，老爺現在雖然還是興致勃勃，小姐已早就不耐煩了！」

蕭七道：「要湘雲坐兩個時辰實在不容易。」

董忠道：「可是她又不敢不聽話。」

蕭七道：「什麼時候變得這樣聽話了？」

董忠道：「今天開始，因為老爺對她說過一句話。」

蕭七道：「什麼話？」

董忠神秘的一笑，壓低嗓子道：「老爺告訴她如果再不聽話，她與公子的婚事，他也就不再管了。」

趙松一怔，失笑。

蕭七亦笑，卻是苦笑，轉問道：「湘雲回來之後有沒有外出？」

董忠搖頭道：「沒有，大概小姐給老爺那句話唬住了，換過衣服後，她就老老實實候在老爺左右。」

蕭七望一眼趙松，道：「我們的推測似乎要重新考慮了。」

趙松道：「但無論如何，我們也得進內一見她。」

蕭七目光一落，道：「這個當然。」

董忠到這個時候，才留意到蕭七捧在手裡的那個骷髏頭，一呆道：「公子手裡捧著的是什麼東西？」

蕭七道：「你看是什麼東西？」

董忠道：「骷髏。」

「粉骷髏！」蕭七應聲舉起了腳步。

他的腳步沉重。

沉重的腳步有如他現在的心情。

◇◇

堂中燈光明亮。

桌上杯盤狼籍。

董千戶看來已有五分醉意。

但他仍然談笑風生，不住追問董湘雲這半年來的遭遇。

董湘雲卻真的已經不耐煩，說話有氣無力的，一再被催促，才回答那一句半句，眼睛盡往別處溜。

她眼睛溜著溜著，忽然瞥見蕭七幾人向這邊進來。

喜出望外，長身立起。

董千戶立即叫道：「坐下坐下！我還有話要問你。」

董湘雲目光一轉，道：「爹！你看誰來了？」

董千戶呷了一酒，說道：「誰來了？看你大驚小怪的，總不成是蕭七那個小子。」

說著亦側首望去，一望之下，放聲大笑道：「怎麼真的是？」

笑語聲未落，蕭七已大踏步走進來。

董湘雲不由自主迎上前去。

董千戶笑語聲不絕：「一見蕭七就連爹也不管了，女生向外，難怪，難怪！」

突然一頓，「咦」的一聲。

他是看見跟在蕭七後面的趙松與兩個捕快，好像他這種老江湖，當然明白必定又有事發生，而且必定與自己多少有些關係。

董湘雲亦有看見趙松他們，卻沒有理會那許多，走到蕭七面前，道：「怎麼現在才來，我快要給爹悶死了。」

聽她這樣說，倒像是蕭七曾經答應她，非來一趟不可。

蕭七並不在乎，對於董湘雲的性格他實在清楚得很，淡笑道：「現在豈非正是時候。」

董湘雲目光一落，道：「你捧著這個骷髏幹什麼？」

蕭七道：「送給你。」雙手將那骷髏頭遞上。

董湘雲驚呼急退。

蕭七一怔道：「你不是說過天不怕，地不怕的？」

董湘雲瞪眼道：「我才不要這種東西呢。」

蕭七道：「我送的，也不要？」

董湘雲道：「不要！」

她的眼睛瞪得比方才的更大，接道：「你就是懂得欺負我，什麼不好送的，送我這種東西，真是。」

董千戶那邊看著，大笑道：「想不到這個丫頭也有東西害怕，看來我也得到哪裡弄一個骷髏頭回來，以備不時之需。」

董湘雲霍地回頭，道：「爹你這是存心幫他，欺負我了？」

董千戶大笑不絕，道：「他是他，我是我，你怎麼混在一起說？」

董湘雲嬌靨一紅，退過一旁坐下，偏開臉，索性不去瞧他們。

董千戶也不管她，笑問蕭七道：「到底是怎麼回事？」

蕭七道：「這個骷髏頭的確送給湘雲，只不過與我並無關係。」

董千戶詫異問道：「那是誰送的？」

蕭七道：「也許是地獄使者。」

董湘雲回頭道：「胡說！」

董千戶卻問道：「是哪一個地獄的使者？」

董湘雲冷笑道：「地獄也有這個、那個的麼？」

董千戶揮手道：「你丫頭先別打岔好不好？」

董湘雲「哼」一聲閉了嘴巴。

董千戶再問蕭七，道：「是不是幽冥先生那個？」

蕭七搖頭道：「不是。」

董千戶手指向地，道：「難道是地下這個？」

蕭七道：「也許就是了。」

董千戶一怔道：「你不能肯定？」

蕭七微喟道：「這種事情有誰能夠肯定？」

董千戶試探問道：「是不是與那件案子有什麼關係？」

蕭七頷首。

董千戶又問道：「怎麼連湘雲也牽涉在內？」

蕭七道：「這要說，得從老前輩離開那個捺落迦後開始……」

董千戶擺手道：「坐下與我細說。」

連隨又對趙松二人道：「趙頭兒，你們也請坐，要不要來一杯？」

趙松搖手道：「公事在身，心領了。」在一旁坐下。

隨來那兩個捕快立即上前，侍候在趙松左右。

兩個捕快這左右一站，趙松更顯得官威十足。

董千戶目光一轉，哈哈大笑道：「你小子果然生來就是做官的材料，就隨便一坐，已經官威八面了。」

趙松一愕，方待說什麼，董千戶已連聲催促蕭七，道：「快說！快說！」

◇

蕭七說得很快，並沒有細說。

雖然簡單，卻很清楚。

這已不是第一次覆述事情經過，已能夠完全掌握重心。

董千戶只聽得目定口呆，董湘雲也沒有例外。

他們有生以來還是第一次聽到這麼奇怪詭異的事情。

蕭七說話聲越低沉，堂中的氣氛隨著他的說話逐漸變得詭異起來。

連燈光也彷彿已變得朦朧。

董湘雲不由自主的一再回顧身後，就好像害怕那個地獄使者突然在身後出現，奪魄勾魂。

幽冥先生的推測，蕭七並沒有遺漏。

董湘雲居然沒有打斷蕭七的說話，但蕭七一住口，第一個說話的卻也就是她。道：「你這次到來，莫非就懷疑，是我誘拐杜仙仙？」

蕭七尚未答話，董千戶已接道：「湘雲回來之後，並沒有再外出。」

蕭七道：「這個我知道。」

董湘雲瞪著蕭七，道：「我承認很妒忌杜仙仙，誰叫她也喜歡你，你又很喜歡她。」

蕭七道：「這與你有何關係？」

董湘雲道：「關係可說大了，我是喜歡你的，她也來喜歡你，就是跟我作對。」

蕭七不由苦笑。

董湘雲接道：「跟爹我也是這樣說，誰跟我作對，我就砍她的腦袋。」

她這番話說得既響亮，又迅速，董千戶待要喝止，如何來得及。

趙松一旁聽得真切，冷笑道：「看來我們的懷疑並不是無的放矢。」

董湘雲沒有理會趙松，瞪著蕭七道：「不過我就是砍誰的腦袋，也不會在你面前，裝神弄鬼做什麼，婆婆媽媽的，我才不來那一套。」

董千戶擊掌道：「對，要就爽爽快快，這才像我的好女兒。」

趙松脫口道：「你這是縱子行兇？」

董千戶大笑道：「說不定我還會幫上一把！」

趙松怔住。

蕭七歎了一口氣，目注董湘雲，道：「你真的忍心殺死杜仙仙？」

董湘雲一愕半晌才道：「不忍心。」

她歎息接道：「她實在是一個很漂亮很可愛的女孩子。」

蕭七道：「嗯。」

董湘雲又道：「好像她那樣的女孩子，真的要我傷害她，只怕我下不了手。」

她呆呆的沉思了半晌，頹然往椅背一靠，歎息道：「想起來，她比我好得多了，也只有她才配得上你。」

董千戶一旁聽得直眨眼睛，他可也想不到董湘雲竟然會說出這種話。

蕭七道：「那有什麼配不配的，大家都是人。」

董湘雲道：「你就是喜歡她，也許就因為她那樣的溫柔。」

她搖頭接道：「這個我可學不來。」

蕭七道：「你只是脾氣暴躁一些，除此之外並沒有什麼不好。」

董湘雲道：「天生這樣，我看是改不了。」

蕭七道：「不一定。」

董湘雲搖搖頭道：「我知道你很討厭我。」

蕭七道：「沒有這種事。」

董湘雲道：「最低限度我前後給你添了不少的麻煩。」

蕭七道：「算不了什麼。」

董湘雲一正面色，道：「不過你相信也好，不相信也好，仙仙被誘拐，與我一些關係也沒有，飛飛的失蹤也是。」

蕭七頷首道：「我相信。」

董湘雲委屈的垂下頭，那剎那之間，眼睛似乎已濕了。

蕭七目光一轉，岔開話題，道：「回頭說這個骷髏。」

骷髏已放在桌上。

董千戶接口道：「這個骷髏並不是真的。」

蕭七點頭道：「是用粉捏的。」

董千戶道：「你在哪裡弄來？」

蕭七道：「這個骷髏頭就放在老前輩這個莊院的大門外。」

董千戶詫異的道：「怎麼！是在我家門口拾來的？」

蕭七道：「嗯。」

董千戶說道：「可不知是哪個開的玩笑？」

蕭七道：「以晚輩推測，這絕不是玩笑。」

董千戶道：「不成真的是那個所謂地獄使者送來的？」

蕭七道：「相信就是了。」

董千戶道：「用意何在？」

蕭七道：「請看骷髏頭額上的字。」

董千戶將骷髏頭捧在手中，一面看一面道：「十七子時，董湘雲，這是什麼意思？」

蕭七道：「只怕就是十七那夜子時，來取湘雲的性命。」

董千戶面色一變，道：「你是說，這個骷髏頭乃是……」

蕭七道：「死神帖！」

董千戶胸膛起伏，道：「好大的膽子，竟敢犯到老夫的頭上。」

一頓沉吟道：「湘雲這個丫頭又哪裡開罪她了，難道也就因為喜歡上你這個小子？」

蕭七苦笑。

董千戶突然大笑起來，道：「他媽的，這個女閻羅好大的醋勁。」

董湘雲忽然道：「只怕真的有這種事情。」

董千戶「哦」一聲，說道：「何以見得？」

董湘雲卻問蕭七：「蕭大哥，你回來那天黃昏經過那條柳堤，是否遇上漁家父女二人？」

蕭七沉吟道：「嗯。」

董湘雲又問道：「你是否曾對他們一笑？」

蕭七道：「好像有，怎樣了？」

董湘雲道：「就因你的一笑，那個漁娘以為你喜歡她，竟然對你默許終生。」

蕭七一怔，道：「什麼？」

董湘雲接道：「也就在你走後沒多久，柳堤上出現了一團煙霧，煙霧中出現了一個骷髏，自稱是地獄使者，奉命來人間，又說女閻羅已決定下嫁你，人間女子有對你妄生愛念，一律勾其魂，奪其魄！」

蕭七驚訝道：「那個漁娘怎樣了？」

董湘雲道：「立被勾魂奪魄，倒斃小舟之上，據說渾身並無傷痕。」

一頓接道：「我經過那條漁村的時候在飯店裡聽到這件事，因為與你有關，所以著意打聽一番，還找那個老漁翁問一個清楚明白。」

蕭七呆然地問道：「真的有這種事情麼？」

董湘雲斬釘截鐵的道：「是事實，不騙你。」

趙松插口道：「那個漁村叫做什麼名字？」

董湘雲道：「叫金家村，據說村人大都姓金，那個老漁翁也就叫金保。」

趙松又問道：「那個漁娘呢？」

董湘雲道：「她叫金娃。」

趙松立即回頭問那兩個捕快：「金家村你們是知道的了？」

兩個捕快齊聲應是。

趙松連隨吩咐道：「你們兩個立刻催馬前去金家村，將金保與驗屍的仵作帶來。」

一個捕快問道：「頭兒還有什麼吩咐沒有？」

趙松揮手道：「只是這些，速去！」

兩個捕快應聲退下。

董湘雲奇怪道：「這有什麼作用？」

趙松解釋道：「金娃的暴斃毫無疑問與杜家姊妹的失蹤，以及藏在瓷像中那具女屍有關，找他們到來一問，對事情多少也許有些幫助。」

他歎了口氣，道：「我應該親自走一趟，只是，這裡要做的實在太多了。」

蕭七道：「話雖是十七，但由現在開始，那個所謂地獄使者，隨時都可能出現。」

趙松連聲道：「不錯不錯，蕭兄可要多費些心力。」

蕭七道：「還用說。」

董千戶即時問道：「今天是十五還是十六？」

蕭七道：「是十六。」

董千戶道：「這是說明夜子時那個地獄使者就會到來勾奪湘雲的魂魄了？」

蕭七道：「只不知是否依約到來。」

董千戶大笑道：「我倒要看哪個不知死活的東西膽敢來害我的女兒！」

他笑得雖然響亮，但誰都聽得出他笑得並不自然。

若是真的地獄勾魂使者，又豈是人力能夠抗拒。

笑語聲一落，董千戶就將那個骷髏頭痛摔在地上。

「噗」一聲，那個骷髏頭當場爆裂粉碎！

十六 圈套

三月十七。

夜。

月黑風高。

子時已將至，董家莊內堂燈火通明！

所有窗戶全都緊閉，門戶卻大開，左右各守著兩個捕快。

董湘雲一身勁裝，坐在內堂正中八仙桌旁邊，一面不耐煩之色，但仍然老老實實坐在那裡，這並非因為恐懼，也不是因為董千戶就坐在她的身旁。

完全是因為蕭七也在堂中。

在蕭七面前，她一向都是比較老實。

◇◇

桌上無酒。

董千戶雖然很想喝兩杯，但始終壓抑住這股想喝兩杯的衝動，因為他實在清楚自己，一喝上兩杯，跟著就會喝第三第四杯，直到醉倒為止。

今夜他非獨不能醉倒，而且一定要絕對清醒。

他只有湘雲一個女兒。

所以他只好老老實實的坐在那裡。

他一雙濃眉皺在一起已多時，事情也不由他不擔憂。

要取湘雲性命的到底是人還是幽冥閻羅，目前仍然是一個謎，他雖然不相信鬼神的存在，卻也不敢完全否定鬼神的存在。

萬一真的有鬼神，真的是幽冥閻羅要來取湘雲性命，湘雲只有束手待斃的份兒了。

傳說中的幽冥閻羅，豈非就是人間生死的主宰？

即使是人為，那個人殺害杜飛飛在前，誘拐杜仙仙在後，所用的手段，無不是令人毛骨悚然。

像那樣一個手辣心狠，詭計多端的人，既然發出死亡通知，限時殺人，勢必已經有一個出人意料，精密巧妙的殺人計劃。

董千戶如何不擔憂？

◇◇◇◇

蕭七雙眉比董千戶皺得更深。

到現在為止，杜仙仙仍然下落未明，趙松手下的捕快城內城外到處去搜索打聽，始終一些消息也沒有。

杜仙仙彷彿就已經魄散魂飛，被拘入幽冥，不存在人間。

即使是這樣，也應該有一具屍體留下來。

蕭七絕不希望找到的是一具屍體，但無論如何，那總算也有一個清楚明白。

除非事情水落石出，否則蕭七是絕不會罷手的了。

他是真的喜歡杜仙仙，況且他體內流的乃是俠義的血，對於這種事，又豈會袖手旁觀？

今夜毫無疑問是一個機會！

這個機會蕭七當然不會放過，才入夜他便已到來。

只要那個地獄使者出現，事情應該就會有一個解答，問題卻是在那個地獄使者是否會出現？

蕭七所顧慮的也就是這一點。

時間已接近了，一切看來仍然是這樣平靜。

蕭七背負雙手，徘徊堂中，心頭感覺到前所未有的焦躁。

◇◇◇

趙松也是背負雙手在徘徊，卻是在堂外院子。

他的心情也是很沉重。

為捕多年，他還是第一次遇上這樣棘手的案子，這在他來說無疑是一項挑戰。

前所未有，也非要接受不可的一項挑戰。

除了他之外，還有他手下三十六個捕快，分佈在堂外周圍。

那些捕快的武功雖然有限，但都是趙松一手訓練出來，追蹤監視方面，無不經驗豐富。

在他們重重監視下，要不被他們發覺進來，並不是一件容易的事情！

進來的不是人，是鬼，當然例外。

◇◇◇

夜風中忽然吹來了腳步聲！

守候在月洞左右的兩個捕快首先察覺，齊皆面容一緊，一個脫口道：「有人來！」

另一個立即道：「噤聲！」

趙松亦跟著察覺，他正向這邊巡過來，卻一聲冷笑，道：「來的若是我們等的人，絕不會弄出那麼響亮的腳步聲，鬼更加就不會有腳步聲發出來。」

一頓又接道：「大概是董大爺方才吩咐去燒茶的那個老婆子回來了。」

話口未完，腳步聲已到了月洞門外，一個人隨即走進來。

是一個五六十歲的老婆子，雙手捧著一個木盤，上面放著個茶壺，四只杯子。

老婆子相貌慈祥，雙眉深鎖，一股強烈的恐懼溢於言表，進門一收步，左右望一眼，顫聲道：「我……是送茶來的。」

左右兩個捕快赧然道：「請。」

趙松的推測並沒有錯誤。

老婆子目光轉落在趙松的面上，恭身道：「趙大人。」

趙松偏身說道：「劉大娘不必多禮，請！」

那個劉大娘這才繼續舉步走向內堂那邊。

趙松回顧那兩個手下，道：「小心當然要小心，不要太緊張。」

◇◇

董千戶一見劉大娘，第一句就道：「怎的一壺茶也弄這麼久？」

劉大娘一面將木盤在桌上放下，一面道：「奴婢已盡快了。」

她非獨聲音，連整個身子都在顫抖。

董湘雲忽然一旁問道：「劉大娘，你燒茶的時候，有沒有鬼找你？」

劉大娘不禁一怔，連連搖頭道：「沒有啊。」

董湘雲又問道：「你怕不怕鬼？」

劉大娘道：「怎麼不怕？」

董湘雲接問道：「你曾經見過鬼？」

劉大娘又是一怔，又搖頭道：「沒有啊。」

董湘雲道：「既然沒有見過，害怕什麼？」

劉大娘顫聲道：「可是奴婢卻見過廟宇裡供奉的鬼，有的青面獠牙，有的瞪眼吐舌……」

董湘雲截口道：「那是假的。」

劉大娘道：「誰知道真的是不是那樣子？」

董湘雲道：「是那樣子，若有兩瞪眼吐舌的，就站在你身後！」

劉大娘一聲驚叫，回頭急望去！

在她身後什麼也都沒有。

董湘雲咯咯笑聲：「你一回頭那個鬼就不見了。」

劉大娘身子一縮，顫抖得更厲害，那張臉已經變青。

董千戶即時喝道：「湘雲，你嚇她什麼？」

董湘雲笑道：「我不過跟她說笑，想不到她竟然怕成這樣子。」

董千戶搖頭道：「這個時候開這種玩笑，你這個丫頭就是愛胡鬧。」

劉大娘驚魂甫定，哀聲道：「奴婢膽子小，受不了這種驚嚇。」

董湘雲笑道：「那麼你得趕快離開這裡了，子時一到，這裡就會有鬼出現。」

劉大娘一面點頭一面顫抖著右手拈起了一只杯子，放在董湘雲面前。

董湘雲揮手說道：「這個不用你侍候了。」

劉大娘應聲忙退下，走得很快，就像一隻受驚的老母雞。

董湘雲目送劉大娘的背影消失，嘟喃道：「鬼真的這樣可怕？」

蕭七那邊應聲道：「別的不知道，就使我認識的人來說，到現在為止，除了飛飛、仙仙姊妹以及幽冥先生也許見過鬼之外，其他的都還沒有這種經驗，傳說中，鬼卻是那麼可怕，在他們的潛意識之中，鬼理所當然是很可怕的了。」

董湘雲道：「偏就是那麼多人，製造這些無聊的傳說。」

蕭七淡然一笑！

董千戶一旁卻道：「製造那些傳說的人也許都真的見過鬼亦未可知。」

蕭七苦笑道：「也許。」

董千戶道：「看來，見鬼也是一件值得高興的事情，最低限度，並不是人人都有這種機會。」

蕭七道：「嗯。」

董千戶笑接道：「所以今夜留在我這個莊院的人都應該開心才是。」

蕭七道：「可是想到傳說中的鬼那般恐怖模樣，有誰還開心得起來？何況——」

一頓接道：「今夜的來鬼並不是抱著善意，乃是要勾奪湘雲的魂魄。」

董湘雲道：「我才不怕。」

話說得雖然響亮，神態卻顯得有些不大自在，看來她還是有些害怕。

女孩子畢竟是女孩子。

蕭七道：「怕也怕不來。」

董千戶陡地一挺胸膛，道：「老夫可不信那些鬼膽敢闖進來這裡。」

董湘雲奇怪問道：「為什麼？」

董千戶環眼一瞪，道：「你爹爹煞氣何等之大，鬼神看見也得要退避三舍。」

董湘雲笑道：「退避三舍？那個骷髏頭就放在門前呢。」

董千戶捋鬚道：「可不敢送進莊院之內來。」

董湘雲轉問蕭七，道：「蕭大哥，你說呢？」

蕭七微喟道：「那些鬼是否有膽量闖進來，很快就清楚了。」

董湘雲望了一眼堂外，不安的移動一下身子，探手拿起木盤上那個茶壺。

茶還未斟下，突被蕭七一手按住，道：「慢！」

董湘雲愕然道：「怎麼？」

蕭七道：「現在已快將子時，一切小心一點兒的好。」

董湘雲仍然不明白，董千戶卻懂了，詫異的問道：「你是說這茶可能有古怪嗎？」

蕭七道：「我是有這種懷疑。」

董千戶皺眉道：「怎會？劉大娘在我這裡工作已經十多年，一向行規步矩，又是出了名的菩薩心腸。」

董湘雲也道：「是啊，大娘她絕不會是一個壞人。」

蕭七道：「我沒有說劉大娘這個人有問題。」

董湘雲道：「那麼你的意思……」

蕭七道：「劉大娘到底年紀老了，又不是練家子，在她煮茶的時候，別人動那壺茶的主意並不是一件難事。」

董湘雲頷首道：「不錯。」

董千戶道：「這是說，要殺湘雲的並非是鬼，而是人了？」

蕭七道：「是人抑或是鬼，現在豈非仍都有可能，在我們現在豈非仍然是一個謎？」

董千戶點頭道：「要證明這壺茶有沒有問題的，其實也很簡單。」隨即拈起了木盤上的一只杯子，將杯子口轉過來。

董湘雲不待吩咐，滿滿的斟下了一杯茶。

一股芬芳的茶香立時湧進了三人的鼻子。

董千戶一吸鼻子，道：「這是上好的雨過天青。」

蕭七道：「晚輩嗅得出。」

董千戶接道：「茶葉是上好的茶葉，劉大娘煮茶的功夫也是一流的。」

蕭七道：「晚輩亦早有耳聞。」

董千戶再一吸鼻子，道：「若只嗅這茶香，這壺茶應該就沒有問題。」

語聲一落，端起杯子湊近嘴唇，才接道：「到底怎樣，呷一口就會清楚了。」

蕭七方待阻止，董千戶的話已又接上，道：「憑我的內功造詣，茶中即使入了劇毒，亦不難將它迫出來，至於這茶中是否真有問題，一入口，我是一定立即清楚。」

語聲再落，茶已入口。

董千戶徐徐的呷了一口，一會，才將餘茶一口飲盡。

蕭七、董湘雲的目光都盯在董千戶的面上。

董千戶面色無異，神態自然，從容將杯子放下道：「這壺茶沒有什麼不妥。」

蕭七面容一寬，董湘雲亦自展顏一笑，轉顧蕭七道：「你就是這樣多疑。」

「都是為了你好。」蕭七微喟。

董湘雲嬌靨微紅，一時間也不知道應該如何說話才好，無言在自己面前的杯子斟下了滿滿的一杯茶。

茶滿得快要溢出了她才醒覺，也才省起問一聲蕭七：「蕭大哥，你要不要喝一杯？」

蕭七尚未回答，董千戶一旁已笑道：「就是他不喝，你也該先行替他斟下一杯才對。」

董湘雲道：「為什麼要這樣？」

董千戶道：「你是主他是客，主人禮貌上當然得先招呼客人，就不管這些，你是女人，他卻是男人。」

董湘雲道：「男人又怎樣？」

董千戶道：「地位卻比天還高。」

董湘雲一皺鼻子，道：「誰說的？」

董千戶笑道：「天字不出頭，夫字卻是出頭的。」

董湘雲這下子才明白，但居然沒有發作，而且還垂下頭去。

董千戶笑接道：「將來你嫁給了他，也千萬要記得的是夫唱婦隨，並不是婦唱夫隨。」

董湘雲頭垂得更低。

蕭七聽著，只有苦笑，走前去拈起一只杯子，正想從董湘雲手中將茶壺接過，董湘雲已半抬起頭來，道：「你喝我這杯好了。」

蕭七嘆了一口氣，說道：「別聽你爹的。」

董湘雲沒有勉強，道：「那麼我替你斟過一杯。」

她雙手捧著茶壺，小心翼翼的將茶斟下，蕭七沒有推辭，卻一再嘆氣。

董湘雲有些奇怪，道：「蕭大哥，你怎麼老是嘆氣，是不是那兒不舒服了？」

蕭七搖頭道：「沒有這種事。」

董湘雲垂頭道：「那是不高興我替你斟茶？」

蕭七道：「怎會，別胡思亂想，子時快到了。」

話口未完，堂中的燈光倏的緩緩暗下來。

蕭七第一個感覺，脫口道：「是怎麼回事？」

董千戶也發覺了，抬頭道：「奇怪？怎麼燈光會突然這樣？」

說話間，燈光又暗了幾分。

董湘雲不由亦抬起頭，面色微變道：「現在是什麼時候？」

蕭七面色凝重，答道：「應該是子時了。」

董千戶亦自變色，道：「莫非那種東西出現？」

董湘雲心裡明白，可是仍然不由自主的問道：「是什麼東西？」

董千戶脫口一聲：「鬼！」

話聲未已，堂中四盞宮燈已經先後熄滅。

一條人影此時從堂外竄入。

董千戶、蕭七沒有出手，那眨眼之間，他們都看出竄入來的乃是捕頭趙松。

黑暗剎那將整個內堂吞噬。

趙松的聲音跟著響起：「到底是怎麼回事？」

董千戶應道：「我們也不清楚，大概鬼出現了。」

趙松道：「難道竟真的有鬼？」

他的話聲很奇怪，詫異中隱約夾著一絲恐懼。

董湘雲的聲音緊接著黑暗中響起來：「蕭大哥，不要離開我。」

蕭七一聲輕叱：「噤聲！」

堂外繼續有腳步聲傳來，一到門外就被叱退：「緊守崗位，不要進來！」

是趙松的聲音。

腳步聲響立即暴退。

堂東那面的窗戶，即時猛可一亮。

那也不知道是什麼光亮，窗上糊著的白紙被映得更白，一個黑影同時出現在窗紙上！

那個黑影高瘦得出奇，半側著身子，面向著蕭七他們這邊，頭上戴著高高的帽子，頷下拖著長長的舌頭，左手似抓著一條鎖鍊，右手卻分明握著一支哭喪棒，那支哭喪棒也是向蕭七他們指來，看來就像在指著董湘雲。

黑影不住的在晃動，好像要破窗而入，又好像已經在堂中，正準備向董湘雲走來。

董湘雲驚呼。

趙松脫口一聲：「無常！」

無常黑白，傳說乃是地獄鬼官，專職奪魄勾魂！

蕭七第三個開口，只一聲道：「出現了！」

「湘雲留在堂中，不要妄動！」董千戶最後一個出聲，語聲沉重。

一頓猛喝道：「何物無常，吃我一刀！」刀應聲出鞘，人刀飛向那邊窗戶。

人到刀到，寒光暴閃，「喀刷」一聲，那扇窗戶刀光中粉碎！

窗紙上那個無常鬼影，同時粉碎！奔雷刀果然名不虛傳！

窗戶粉碎，一道光芒照在董千戶的面上，那個無常鬼影散而復聚，那剎那之間已穿窗而入，穿堂而過，出現在對窗那邊牆壁之上！

董千戶看在眼內，卻沒有殺奔那邊牆壁，身形陡縱，奪窗標出，迎著那道光芒撲去！

一個人緊跟著奪窗撲出，那是趙松。

蕭七沒有動，守護在董湘雲身旁，左手一晃，一個火摺子迅速亮起來。

董湘雲也沒有動，呆坐在那張椅子之上，眼瞳中隱約露出了恐懼之色。

她平日膽大包天，可是目睹鬼影，在窗紙出現，那個膽子不由自主就弱了，至少弱一半。

女孩子本來就是比較怕鬼，但很快她便回復自我，欠身欲起，可是立即被蕭七按住。

蕭七道：「坐著不要動。」

董湘雲啞聲問道：「為什麼？」

◇◇

蕭七道：「這樣我才容易保護你。」

董湘雲嘆息一聲，道：「我現在簡直就像個小孩子。」

蕭七道：「小孩子沒有什麼不好。」

董湘雲無言嘆息，不覺拿起面前那杯茶。喝下這杯茶，心情也許會比較容易平靜。

光芒從窗外院中一株大樹上射出來。

董千戶、趙松飛身奪窗出來時候，那株樹已被十多個捕快包圍起來。其餘捕快亦聞聲奔向這邊。

董千戶奔馬一樣奔到樹下，厲聲道：「什麼人躲在樹上？」

一個捕快應聲道：「不見人，那盞燈亮得非常突然……」

董千戶一怔，道：「燈？什麼燈？」

「好像一盞孔明燈。」

「沒有人，燈怎會出現在樹上？怎會亮起來？」

「我們發覺的時候，燈差不多已完全燃亮，就是不見人。」

另一個捕快接著道：「我們這邊也不見。」

再又一個捕快道：「也沒有聽到任何異聲。」

董千戶瞪眼道：「那盞燈難道會是鬼燈？」

沒有人回答，一個個的面色都顯得有些兒不自在。

趙松在後面聽得清楚，沒有問什麼，一聲：「我們到樹上去瞧瞧！」縱身拔起。

他雖然先動身，但還未落下，眼旁人影一閃，董千戶後發先至，已先落在樹幹上。

在對著那扇窗戶的一個樹丫上，插著一塊大小適中的木板，一側果然就放著一盞孔明燈。

那盞孔明燈三面封密，不漏燈光，只剩對著窗戶的那邊開啟，讓燈光射出來。

這燈光也當然強烈得多。在木板的另一側，放著一個小小的瓷像，塑的正是地府中的白無常，手工精細，神態活現，就連高帽子上「一見發財」那四個字竟也清晰可辨。

瓷像放在燈與窗之間，燈光一亮，白無常影子自然就落在窗紙之上。

那個白無常的瓷像雖然小，但由於距離問題，影子落在窗紙之上便與人差不多高矮。

董千戶看在眼內，又是驚奇又是好笑，冷哼道：「原來如此。」

趙松身形落下，目光及處，亦看出是怎麼一回事，接道：「看來這件事是人為的。」

董千戶點頭道：「不錯。」

語聲甫落，內堂那邊突然傳來蕭七一聲驚呼，董千戶入耳驚心，面色一變，失聲道：「不好，我們中計！」

趙松不由自主的問道：「什麼計？」

董千戶道：「調虎離山！」

說話出口，這條老虎就飛身從樹上撲下，連人帶刀殺奔內堂。

身形飛快，簡直就像是一條插翼虎！

◇◇◇◇

內堂中這時候已亮起了一盞燈籠。

燈籠放在桌旁地方，一只杯子破碎在燈籠之前，杯中茶打濕了一片地面。

那片地面竟變成了青紫色。

毒茶！

董湘雲就倒在那灘毒茶一側，一動也不動。

蕭七卻不在堂中。

董千戶穿窗撲入，他的目光一落，已經明白發生了什麼事情，撕心裂肺一聲哀呼——

「湘雲——」

◇◇◇

哀呼聲撕裂夜空，傳出很遠，董家莊內的每一個人都聽到了。

劉大娘也沒有例外。

哀呼聲入耳，她渾身就像遭雷殛，猛可一震，連隨顫抖起來。

顫抖得很厲害。

她現在是在自己的房間之內。

出了院子，她就失魂落魄，跌跌撞撞的奔回來，閉上房門，挨著旁邊牆壁待在那裡，一直待到現在。

房中的桌上有一盞油燈。

窗戶半開，堂風吹透，油燈的火焰不住在搖晃。

劉大娘的眼淚不覺流下。

也就在這個時候，一個尖細的聲音在窗外傳進來：「娘，成功了。」

語聲未已，一個人影從半開的那扇窗戶閃進來，毫無聲息的在窗前地上落下。

那是一個很奇怪的人，很矮，比常人最少矮上一個頭，可是他的四肢卻最少比常人長上三分之一，瘦而細。

他的頭也很細小，五官不怎樣明確，鼻子扁而短，眼睛細而長，嘴唇小而薄，耳朵貼而尖，頭髮疏落，眉毛淡薄得簡直就沒有一樣。

軀體也是比常人矮很多，穿著一襲緊身的黑布衣裳。

驟看來，這個人簡直就是一隻大蜘蛛。

蜘蛛。

劉大娘應聲回過頭去，嗚咽道：「是我害死了小姐。」

那個蜘蛛卻應聲道：「殺人乃是孩兒。」

劉大娘道：「那個……」

蜘蛛截口道：「茶杯雖然是娘你送去，毒卻是孩兒下的，事情到這個地步還說什麼，一切有孩兒擔承。」

笑笑又說道：「他們就算懷疑到娘親頭上，但娘親只要矢口否認便成，塗在杯底的毒藥溶在茶中，一任他們怎樣聰明，想出毒藥是這樣下的，也無法證實。」

劉大娘嘆息道：「小姐平日對我也不壞，現在我卻將她害死，問心如何過意得去？」

蜘蛛道：「不過如果她不死，孩兒就得死了。」

劉大娘淚眼模糊，道：「娘卻只有你一個兒子，你死了，娘也活不了。」

蜘蛛微喟道：「兩條人命換一條人命，所以娘親也無須難過。」

劉大娘搖頭道：「這種傷天害理，可一不可再。」

蜘蛛道：「娘親放心，孩兒不會再害人的了。」

劉大娘一再叮囑：「記牢了。」

蜘蛛點頭道：「一定的。」

轉望一眼窗外，又道：「孩兒不能久留，現在得離開了。」

劉大娘急一問道：「什麼時候再來？」

蜘蛛一笑道：「很快的，到時我會帶娘親一起離開這兒，也好教孩兒盡一點孝心。」

劉大娘的眼睛立時一亮，道：「近來老是聽你說及我那個小媳婦，就是不見帶來讓娘瞧瞧，到底那戶人家的女兒，也得教為娘有個明白才是！」

蜘蛛笑道：「說哪有看那麼清楚，日子快到了，娘親又何妨再等一等！」

一頓接著又道：「總之，是很好很好的。」

劉大娘滿臉哀愁一掃，道：「說真的，你早該成家立室了。」

「現在也不晚。」說完這句話，蜘蛛的身形開始倒退，毫無聲息的倒躍上窗櫺，一閃不見。

劉大娘不由自主移步窗前，這片刻之間，蜘蛛已經不知所蹤。

她嘆了一口氣，一個身子，又顫抖了起來。

這時候，董家莊的內堂那邊亦已經亂成一片，燈光閃動，人聲嘈雜。

其中最響亮的當然是董千戶的呼喝聲，霹靂一聲，聽來令人魄動心驚。

◇◇◇

蜘蛛迅速穿過後院，翻過圍牆。

對於趙家莊的環境他顯然非常熟悉，走的是捷徑。

這時趙家莊上上下下所有人已完全驚動，不少走經後院，但沒有一人發現蜘蛛的存在。

蜘蛛的身形非常輕巧。

輕巧而迅速，迅速而詭異，活像一隻大蜘蛛。

◇◇◇◇

圍牆外是一條小巷，蜘蛛雖然翻過圍牆，卻並沒有落在地上。

他就以雙手勾著牆頭，半吊著身子，左右手交替，身形迅速的向前移動。

這時候雖則應該沒有人從小巷走過，但他仍然是這樣小心。

到出了巷口，看清楚周圍都沒有人，他的面容才放寬，雙手一鬆，身形落地，鬼魅般地從長街走過，走進了另一條小巷。

然後他整個人都鬆弛，手舞足蹈的繼續前行，一面得意的神色，間中還發出幾下笑聲。

看來他非常開心。

也難怪，殺死湘雲的事情在他就告一段落，此後就是他人生的另一個開始。

當然，是美好的開始。

◇

穿過小巷，走過大街，一路東行。

蜘蛛越走越開心，也越走越放心，這時候小巷不用說，夜街上都已沒有行人。

周圍一片靜寂，疏落只有幾點燈火。

大多數的人這時候都已在夢中。

在這種情形之下，蜘蛛如何不放心？

他怎也想不到在劉大娘房中的時候，外面已經有人監視，在他離開同時，那個人亦跟著離開，追躡在後面。

他走在大街，那個人隨後追蹤，他若是進小巷，那個人就搶先繞到出口，等在出口附近。

蜘蛛始終都沒有發覺。

那個人的輕功也實在高明。

不是別人，就是蕭七。

◇◇◇◇

蕭七一追出董家莊，董千戶、董湘雲就跟著出現。

他們都是以蕭七為目標。

董湘雲剛才分明已中毒身亡，現在卻顯然一些問題也沒有。

因為她根本沒有中毒，這根本就是一個圈套。

蜘蛛現在已隨進圈套！

◇◇◇◇

在董千戶父女之後，跟著趙松，還有屬下三十六個捕快。

他們卻是以董千戶父女為目標。

一連串追蹤就在深夜中展開。

◇◇◇◇

踰過城牆，蜘蛛繼續東行。

蕭七沒有追出去，冷然站立在城牆垛子之上，目送蜘蛛遠去。

夜更深，風更急，月卻已脫出雲外。

目光如流水，涼如水，所以相距雖然遠，蕭七仍然能夠看得到。

城外是一片空曠的地方，他若是追下去，不難就會被蜘蛛發現。

他還不想被蜘蛛發現。

因為他的目標並不是蜘蛛，因為他實在不相信主謀人乃是蜘蛛。

在此之前他既不認識這個人，也沒有與劉大娘結怨，事情卻是因為他而起，殺害的雖然並非他的親人，卻都是喜歡他的女孩子。

目的明顯是針對他，是間接以他作為報復的對象，也正如幽冥先生推測，完全是女性化人行事作風。

蜘蛛是一個男人。

蕭七實在想不出蜘蛛有什麼理由要這樣做。

——一定是受人指使！

——是誰？

蕭七百思不解，正在沉吟，董千戶父女已追至。

董千戶即開口：「人呢？」

蕭七手指道：「在那邊！」

董千戶循所指望去，目光陡然一亮，搓手道：「這次你還走得了！」語聲一落，拔身便待追下，卻被蕭七一把拉住，道：「現在追下去一定會被他發覺。」

董千戶道：「發覺又如何？合你我之力，難道他還走得了？」

蕭七搖頭道：「若是目的在抓住他，在莊院之內我就已經動手了，何必等到現在？」

董千戶道：「我正要問你為什麼不抓住他？」

「為什麼？」第二個聲音，趙松也到了。

蕭七道：「因為我相信另有主謀。」

董千戶道：「何以見得？」

蕭七道：「老前輩無妨想想，這個人為什麼要這樣做？這樣對我？」

董千戶道：「這要問你了，誰知道他與你有什麼過不去？」

一頓突然一笑，道：「莫非你曾經迷惑過他的妻子或者他心愛的女孩子？所以他對你作此報復？」

蕭七微喟道：「我從來沒有見過這個人。」

董千戶半信半疑的，道：「是麼？」

蕭七道：「老前輩，還有湘雲呢？」

湘雲道：「我也是沒有見過。」

董千戶反問道：「為什麼你會想到我們曾經見過他？」

蕭七道：「如果我的推測沒有錯，這個人就是劉大娘的兒子。」

董千戶皺眉道：「劉大娘的兒子？」

湘雲沉吟道：「我記得劉大娘曾經說過她是有一個兒子。」

蕭七道：「可有說她的那兒子在什麼地方？」

「讓我想想，」湘雲又沉吟了一會。「好像在一戶富有人家裡做僕人的。」

她忽然嘆了一口氣，道：「你知道我的脾氣的，怎會管這種事？所以當時沒有追問她什麼，後來好像也都沒有。」

蕭七道：「那麼她嫁的……」

董千戶道：「以我所知，她那個漢子在她來我家之前，已經去世。」

蕭七道：「相信他就是老劉。」

趙松脫口道：「老劉，那一個……」

蕭七道：「在幽冥先生那兒工作的那一個。」

趙松一怔道：「那麼我們現在追蹤的是……」

「就是小劉，亦即——蜘蛛。」

「蜘蛛？」

「他外表看來，的確像一隻蜘蛛。」蕭七目光一閃。「那一身輕功，幽冥先生的指點固然功不可沒，他那種身材亦是不無幫助的。」

董千戶頷首道：「不錯。」

趙松嘟喃道：「好一隻蜘蛛。」

董湘雲插口道：「那麼說，主謀人只怕就是幽冥先生了。」

蕭七道：「我相信不是。」

董湘雲道：「你憑什麼相信？」

蕭七道：「也許是直覺，幽冥先生相貌舉止以及平日作為雖然是那麼詭異，但看來仍然不像一個壞人。」

目光轉向董千戶，又道：「關於這個人，老前輩應該清楚。」

董千戶點頭道：「公孫白當年人若是不好，我們也不會交他那個朋友，別人也不會將他與我們拉在一起，合稱作樂平四公子。」

一頓又道：「不過現在他變成怎樣我不清楚，是否與以前一樣也不敢肯定。」

趙松道：「人總會變的。」

董千戶接道：「何況經過那麼大的打擊，從他弄那一個捺落迦以及他自稱幽冥先生這些事情看來，已可知他實在改變了很多。」

蕭七道：「人本質如果善良，即使變，相信也總會不致完全兩樣，再說，事情乃是針對我，他與我素昧平生，我實在想不出有什麼過不去的地方。」

董千戶沉吟道：「這件事並非只是完全針對你，飛飛、仙仙是杜茗的女兒，湘雲是我的女兒，你則是蕭西樓的兒子，倒像有點是針對我們樂平三公子。」

趙松說道：「也許是當年結下來的仇怨。」

蕭七反問董千戶：「老前輩與家父，杜叔叔三人當年有什麼地方過不去？」

董千戶一怔，搖頭道：「沒有啊。」

蕭七道：「莫忘了被害者還有金家村那個金娃。」

董千戶不能不點頭，目光一轉，脫口道：「我們只顧說話，人給走了。」

蕭七道：「不要緊。」

董千戶道：「為什麼？」

蕭七道：「好像蜘蛛這樣觸目的人，無論他走到什麼地方我們都不難打聽出來，而一個好像他那樣的人，多數會離群獨居，城東適合他居住的地方我看就只有一處。」

趙松失聲道：「捺落迦。」

「不錯。」蕭七道：「他本來也就是住在捺落迦之內。」

「可是……」

「莫忘了，捺落迦之內是設有地室。」

「不錯，不錯！」趙松連連點頭。

蕭七又說道：「事情現在總算有點明朗了。」

董千戶急問道：「明朗什麼？」

蕭七道：「這件事相信並非神鬼作怪，乃人為。」

董千戶道：「何以見得？」

蕭七道：「蜘蛛的出現，劉大娘的幫手下毒是一個原因。」

董千戶道：「他們母子倆可能是被鬼迷。」

蕭七道：「但根據以前所發生的事情，鬼神似乎用不著假手於人。」

董千戶道：「這次也許例外。」

蕭七道：「那我就無話可說。」

董千戶道：「說說你的見解。」

蕭七道：「蜘蛛自少就侍候幽冥先生，武功也學成這樣，對於塑造瓷像這方面，相信亦不會太差。」

董千戶道：「很有道理。」

蕭七道：「幽冥先生只喜歡塑造地獄群鬼，蜘蛛若是也學得這種技術，當然亦是以地獄群鬼為對象。」

董千戶道：「技巧方面當然也是很相似。」

蕭七說道：「所以我們最後見到那個羅剎鬼女的瓷像，郭老爹一看，就以為是幽冥先生所為，因而我們找到那個捺落迦。」

董千戶道：「那又如何？」

蕭七道：「不外乎兩個原因，一是嫁禍幽冥先生，二是安排捺落迦之內發生的怪事，以證明這乃是地獄女閻羅的所為，這當然亦不無可能有第三個原因。」

一頓又道：「那就是蜘蛛的一切所為並沒有考慮到我們會追查到捺落迦那裡

去，這個可能性並不高。」

董千戶沉吟道：「我也是這樣說。」

蕭七又接道：「幽冥先生在莊院大堂之內的昏迷也可能是中毒的嘍，蜘蛛顯然在捺落迦長大，對於那裡面的環境當然熟悉得很，所以在酒中下毒實在是一件很容易的事情。」

董千戶道：「不錯。」

趙松插口道：「粉骷髏的出現呢？」

蕭七道：「我心中已想到有一個可能，只是目前尚未能肯定。」

趙松忍不住追問道：「什麼可能？」

蕭七道：「粉骷髏是蜘蛛的化身。」

趙松道：「可是蜘蛛那麼矮。」

蕭七道：「就因為蜘蛛那麼矮才能夠弄出那樣的一個粉骷髏。」

趙松愕然道：「說清楚一些。」

蕭七道：「以我推測，蜘蛛乃是穿著一件與一般人等長的黑袍，將一個粉揑的骷髏頭以黑布包裹起來，頂在頭頂上。」

趙松恍然道：「所以骷髏頭雖碎，頸以下仍然能夠移動。」

董千戶撫掌笑道：「有道理。」

趙松皺眉道：「看來真正難明的就只有一個問題。」

董千戶道：「為什麼蜘蛛這樣做？」

蕭七嘆了一口氣，嘟喃道：「為什麼呢？」

趙松道：「難怪你懷疑另有主謀，蜘蛛實在沒有理由這樣做的。」

董千戶道：「想清楚將他抓起來就明白了。」

蕭七回答道：「只怕他死也不肯說出來。」

董千戶道：「老夫可不相信這小子那麼硬骨頭。」

說著他雙手一搓，爆栗子一樣筋骨一陣亂響。

蕭七微喟道：「老前輩有所不知。」

董千戶道：「不知什麼？」

蕭七道：「蜘蛛若即是小劉，劉大娘就是他的母親。」

董千戶道：「這又如何？」

蕭七道：「劉大娘若非他的母親，以她一個那麼善良的人實在沒有可能做出這種事情。」

董千戶道：「我們父女倆一向待她不薄。」

湘雲插口道：「我也想不到她竟然會這樣做。」

蕭七道：「所以這件事應該是很成功的。」

湘雲不禁機伶伶打了一個寒噤。

董千戶接道：「你還未回答我啊！」

蕭七道：「蜘蛛在事情成功之後，只是一個人離開，他並沒有將大娘一併帶走。」

董千戶道：「也許他是考慮到脫身問題。」

蕭七道：「以方才後院之內的情形，他要帶劉大娘離開實在很容易。」

董千戶想想道：「不錯。」

蕭七道：「所以這個母親在他的心目中如果是重要，絕不會就那樣的一個人離開。」

董千戶嘟喃道：「人心不古，即使是這樣也不值得太奇怪。」

蕭七道：「再說蜘蛛這樣做法，非獨向法律挑戰，而且向你我挑戰，憑你我的武功，不被發現則已，一被發現，必死無生。」

董千戶胸膛一挺道：「幽冥先生公孫白也不是我對手，何況他這個徒弟？」

蕭七道：「可是他仍然要這樣做。」

董千戶道：「這對他似乎並沒有什麼利益可言。」

蕭七道：「但毫無疑問，這乃是出於自願。」

董千戶道：「以他那樣的一個人，應該沒有什麼能夠要脅得到，所以若說被迫，他的確是沒有這可能。」

蕭七道：「那是為什麼他捨生忘死，不惜一切做這種事情？」

董千戶道：「以你看為什麼？」

蕭七道：「看不出，但肯定令他變成這樣的因素，並非掌握在我們手中。」

董千戶道：「這個當然。」

蕭七道：「所以我們要從他口中將話迫出來，有沒有可能？」

董千戶道：「應該沒有。」

蕭七道：「也所以，我們只有採取現在這一步行動——我們先找出他們藏身的地方，然後一舉成擒。」

董千戶道：「不錯。」

目光一轉，又道：「只希望你的推測沒有錯，否則我們現在動身，恐怕追不及了。」

蕭七無言點頭，一振衣袂。

湘雲上前一步，道：「現在動身？」

蕭七一再點頭，道：「你還是不要去的好。」

湘雲道：「為什麼？」

蕭七道：「他既然有意殺你，看見你未死，一定會再次採取行動。」

湘雲道：「我可不害怕。」

蕭七道：「明槍易擋，暗箭難防。」

湘雲道：「讓我一個人留在家中，豈非更危險？」

蕭七沉吟道：「這也是。」

董千戶道：「有我在一旁，不會有危險的，要殺她，就得先將我殺了。」

湘雲卻呶嘴道：「才不跟你。」

董千戶「哦」的一聲。

湘雲道：「我要跟蕭大哥一起，那安全得多。」

董千戶一瞪眼，不服氣的道：「小蕭的斷腸劍有什麼了不起？你爹爹的奔雷刀可厲害得多。」

湘雲道：「爹卻是有勇無謀。」

「胡說。」董千戶按刀道：「奔雷刀董千戶智勇雙全，誰個不知道哪個不曉？」

湘雲鼻哼道：「若是這樣，方才怎麼連杯中有毒也瞧不出來？」

董千戶一怔，嘆了一口氣，道：「難道真的長江後浪推前浪，英雄出少年？」

湘雲道：「可不是？」

董千戶瞅住蕭七，道：「是了，你小子方才怎的瞧出杯中有毒？」

蕭七道：「這只怪蜘蛛弄巧反拙，將燈火弄熄。」

趙松道：「那些燈火怎麼會熄滅？」

蕭七道：「因為燈盞中所盛的大半是水，只有表面一層油，這時候，若油盡了，燈火自然會熄滅。」

趙松道：「那是誰幹的？」

蕭七道：「當然是蜘蛛，這在他簡直易如反掌。」

趙松道：「不錯，以他那份輕功，要偷空進出那兒，實在很容易。」

蕭七道：「估計的準確倒是驚人。」

趙松道：「那只怕早有預謀，有過多次的實驗。」

蕭七道：「不難想像。」

趙松道：「毫無疑問，這個人是一個聰明人。」

蕭七道：「太聰明不是一件好事，他一心弄熄燈火，弄出窗紙上那個無常鬼影，卻疏忽了燈火一熄滅，塗在杯底的毒藥在黑暗中就會出現光澤！」

趙松恍然道：「原來如此。」

蕭七道：「毒藥並不是下在茶壺裡，乃塗在杯底，但茶斟下，毒藥溶開，那杯茶就有毒了。」

董千戶咬牙切齒的道：「怪不得那個老婆子親自將茶杯放在湘雲的面前。」

他連隨一拍蕭七的肩膊，道：「好小子，有你的。」

蕭七微喟道：「若說險，這實在險得很，湘雲若是在燈火熄滅之前喝下了那杯茶，又或者在燈火熄滅的時候，我也破窗追出去，便完了。」

董千戶不由捏了一把冷汗。

趙松插口道：「蕭七也實在有本領，片刻之間便已弄清楚這許多事情，而且還想出了這一條欲擒故縱的妙計。」

董千戶道：「這真個是妙計。」

蕭七道：「不過現在我們也得動身了，否則趕不上，他放棄那個地方，那便是弄巧反拙。」

董千戶道：「相信不會，我有這個信心。」

蕭七苦笑道：「莫忘了，這仍然只是推測而已。」

董千戶道：「你的推測一向都八九不離十的。」

蕭七只有苦笑。董千戶也沒有再多說什麼，揮手道：「好，我們就現在動身。」

語聲一落，右手一按身旁城垛，翻身一縱，向城外躍下去。

月色下，只見他有如一頭大鳥，一陣衣袂聲響，剎那已然落在地上。

蕭七幾乎同時落下，姿勢瀟灑之極。跟著是董湘雲，她的輕功居然也非常好。

趙松卻沒有這個本領，一頓足，急奔城牆，一面高聲呼叫道：「來個人，快將城門打開哪。」

那些捕快聽說那敢怠慢。

守城的值夜兵卒這時亦已被驚動，雖不知什麼事，但看見總捕頭趙松率領那麼多捕快如臨大敵，也知道必然發生了很嚴重的事情，連忙幫上一把。城門打開，趙松當先衝出。

蕭七三步已起步，但並沒有走得太遠，趙松忙追上了去。

他們看來都充滿了信心，但——

蕭七這一次的推測是否又準確？蜘蛛真的如他所料是藏身「捺落迦」之中呢？

十七　女閻羅

夜深風寒！

淒冷的月光照耀下，「捺落迦」那塊橫匾仍然隱約可辨，蕭七這是第二次立足這「捺落迦」的門前。他的目光落在那塊橫匾之上，心頭不知何故竟然冒起了一股寒意來。

董湘雲緊跟著他，看見他停下腳步，腳步自然亦停下，目光亦落在那塊橫匾之上！

她雖然看不懂，但是看來不免也覺得有些特別，脫口說道：「那些花紋好生奇怪。」

董千戶在後面接口道：「誰說那些是花紋啊？」

董湘雲道：「不是花紋是甚麼？」

董千戶道：「三個字。」

董湘雲嘟嘴道：「哪有這樣的字，我可不認識。」

「因為那是梵文。」

董湘雲一怔道：「梵文？」

董千戶道：「那就是捺落迦三個字。」

董湘雲更加詫異，道：「捺落迦又是甚麼意思？」

董千戶一字一頓道：「地獄。」

董湘雲又是一怔，忽然失笑道：「爹就是喜歡胡謅。」

這次到董千戶怔住了，趙松一旁插口道：「令尊並沒有胡謅。」

董湘雲瞪了趙松一眼，道：「我爹爹的事情難道你比我還要清楚？」

趙松道：「這要看是甚麼事情了。」

董湘雲道：「就是梵文這件事情，我爹爹甚麼時候懂得梵文了？」

趙松道：「前天，懂的只是這三個，我也是。」

董湘雲道：「是誰教你們的，不會是蕭大哥吧？」

趙松道：「除了他，我們這些人中，還有誰懂得這門子學問？」

董湘雲笑顧蕭七道：「你又不是和尚，怎麼竟懂得梵文？」

趙松替蕭七回答道：「那是因為他的腦袋曾經不知出了甚麼問題，研究了好些日子佛經。」

董湘雲瞪著蕭七：「你不是想出家當和尚吧？」

蕭七淡然一笑道：「當和尚其實沒有甚麼不好，最低限度我沒有那麼多煩惱。」

董湘雲卻問道：「你打算到哪間寺廟去？」

蕭七反問道：「你問來作甚？」

董湘雲道：「拿把火去燒掉它。」

董千戶在後面放聲大笑，說道：「那就真的是不著袈裟嫌多事，著了袈裟事更多了。」

笑語聲是那麼的響亮，完全忘記了他現在在甚麼地方，在準備幹甚麼。

蕭七不由一皺眉，嘆息道：「我們現在得進去了。」

語聲一落，舉步走上門前石階。

董湘雲一面追前，一面道：「這裡頭是怎樣的一個地方？」

蕭七道：「地獄。」

董湘雲道：「又到你胡謅了。」

蕭七微喟道：「這確實是一個人間的地獄。」

說話間，他已經來到門前。

那道門又閉上，蕭七記得很清楚，他帶著幽冥先生離開的時候，並沒有將門戶關閉，那麼，那裡頭藏有人是毫無疑問的了。

他雙掌才抵在門上，後面董湘雲又說道：「這豈非就是地獄門？」

「正是。」蕭七應聲推門。

門只虛掩，一推即開。

董湘雲探頭往內望了一眼，驚呼一聲，慌忙躲回蕭七的後面。

她平日雖然膽大包天，到底是一個女孩子，對於鬼神這一類東西，自然也特別來得敏感。

幽冥先生塑造的幽冥群鬼確實也栩栩如生，恐怖猙獰之極。

幽冥群鬼仍然矗立在原來的位置，一個不缺，院中及膝的荒草，卻已大半被燒去。

對門那個大堂的一角亦已崩塌，日前那一場大火造成的損壞看來也不輕，幸好沒多久來了那陣傾盆大雨，否則這個捺落迦只怕難免被火完全燒燬。

蕭七連隨放步走了進去。

董湘雲亦步亦趨，寸步不離。

董千戶、趙松跟著雙雙搶進，一大群捕快相繼蜂湧而入。

趙松追前兩步，忙問道：「蕭兄，我們從哪兒開始搜索？」

蕭七目注對門那個大堂，道：「根據幽冥先生的敘述，地下室的進口就是在那個大堂之內，蜘蛛雖然未必就只會躲在那裡，我們仍然無妨由那裡開始。」

趙松點頭道：「不錯，整個莊院相信也就只有那裡還能夠住人。」

一頓霍地回頭吩咐道：「兒郎們準備火把、燈籠。」

火石敲擊之聲，一時間不絕於耳，松枝火把，油紙燈籠一一亮起。

火光照耀下，那些羅剎惡鬼的形像尤其猙獰恐怖。

風吹燈火，光影搖動，那些群鬼就更像已有了生命，隨時都準備撲下，擇人而噬。院子中立時平添了幾分陰森詭異的氣氛。

那些捕快幾曾置身過這種地方，不由都打從心底寒了出來。

趙松也沒有例外，他雖然已到過這裡一次，卻是白天。

何況給火一燒，這裡已變得不一樣，本來荒涼的院子，更是荒涼，那一角經已崩塌的大堂就更不像是一個住人的地方。

無論怎麼看，這都只是像一幢荒宅。

一般人口中的鬼屋也正是這個樣子。

但那些所謂鬼屋又哪裡有這兒恐怖？真的不用說，就算是假鬼，這兒已觸目皆是。

火光搖曳，鬼影幢幢。

蕭七從一個捕快手中取過火把，道：「大夥兒千萬小心。」

說完這句話，他就舉步向大堂走去。

董湘雲自然跟前。

蕭七回頭望了董湘雲一眼，道：「湘雲你留在爹爹身旁。」

董湘雲卻道：「我跟你一起。」

蕭七道：「你還是留在外面的好，也容易照顧。」

董千戶插口道：「莫非你小子準備一個人進去？」

蕭七道：「晚輩正是這意思。」

董千戶道：「這怎成，如何怎可少了我的一份，小子你敢在門縫裡瞧人，將我這個老前輩瞧扁了。」

「非也。」蕭七不住搖頭。

董千戶道：「那麼便與我一起進去，少教我這個老前輩生氣。」

董湘雲接嚷道：「爹要進去我也要進去。」

蕭七沒有理會董湘雲，目注董千戶，解釋道：「老前輩誤會了，晚輩所以堅持老前輩留在外面，只為了對方未必藏在大堂內的地室中，萬一在外面突然發難，也得有一個照顧。」

董湘雲搶著應道：「外面有趙松，還有那麼多捕快。」

蕭七道：「對方的武功只怕並非尋常可比。」

趙松一旁聽得清楚，也不介意，插口道：「我這些手下，應付一般小毛賊雖然輕鬆，若是遇上了高手，卻是心有餘，力不足。」

董千戶道：「這怪不得他們。」

趙松道：「便是我那雙天門棍，遇上了高手，也只有挨打的份兒。」

董千戶道：「別人不知道，你手底下有多少斤兩難道我還不清楚？」

他點點頭，接道：「看來我真的要留在外面，照應一下。」

董湘雲立即道：「那麼就讓我跟著蕭大哥好了。」

董千戶搖頭道：「不成，他若是分心照顧你，如何應付得了敵人？」

董湘雲道：「你就是當我酒囊飯袋，也不想想，這半年以來，我在江湖上闖蕩，還不是自己照顧自己，現在還不是好好的。」

董千戶道：「這是因為你還未遇過真正的高手。」

董湘雲笑道：「藏在這兒的若是高手，又何須藏頭縮尾，裝神弄鬼？」

董千戶道：「就因為這樣才可慮。」

董湘雲道：「可慮甚麼？」

董千戶說道：「明槍易擋，暗箭難防呀。」

董湘雲瞪眼道：「難道你就放心蕭大哥一個人冒這個險？」

董千戶道：「你以為他斷腸劍那個名堂是僥倖得來的？」

董湘雲道：「偏就是他了得。」

董千戶道：「你難道否認他本身的武功，臨敵的經驗不在你之上？」

董湘雲道：「這是你說的，我可沒有這樣說過。」

董千戶忽然一笑道：「小蕭終究不是外人，難道爹爹我不關心他的安全？」

董湘雲俏臉一紅！

董千戶接道：「你若是為他設想，就不要讓他分心。」

董湘雲不由不點頭。

董千戶笑顧蕭七，道：「放心，外面有我這位老前輩坐鎮，保管萬無一失。」

蕭七道：「拜託了。」

董千戶瞪眼道：「這是說的甚麼話？」

蕭七一笑不語，舉起腳步。

趙松連隨吩咐手下道：「兒郎們四面散開，將這個大堂包圍起來，莫教賊人溜走了。」

眾捕快一聲宏應，紛紛退開包圍大堂四周。

◇◇◇◇

火光驅散了黑暗，照亮了大堂！

一支火把的光亮雖然不大，但藉著這光亮，蕭七已能夠看清楚堂中的情形。

碧紗幔已經灰飛煙滅，那張長几亦已經燒燬，堂中的柱子全都被燒黑，其中兩條甚至已燒成焦炭。

地獄諸神的瓷像卻大都還完整，只是失卻光澤，被煙火燻黑。

男閻羅的紅臉已變成黑臉，女閻羅碧玉一般的那張臉龐卻竟然能夠維持原來的色澤，一雙無情的眼瞳也仍然紅得怕人。

蕭七第一眼就落在女閻羅的臉龐之上，一轉又轉回，目光凝紅。

女閻羅也好像在凝望著蕭七。

風穿堂戶，光影搖曳。

蕭七的心頭陡然冒起了一股寒意，他嘆了一口氣，忽然問道：「你真的是喜歡我，真的要嫁給我？」

低沉的聲音在堂中迴蕩，帶著點無可奈何，說不出的淒愴。

沒有回答。

那個女閻羅俏臉上的投影隨著火光的搖曳起了移動。

她的表情好像正在變，又好像根本沒有變化，無情的雙瞳似乎帶著幾分揶揄之色，又似乎帶著幾分憐愛。

蕭七等了一會，又嘆了一口氣，道：「那縱然是真的，你勾我的魂，奪我的魄就成了，何苦要多傷無辜？」

仍然沒有回答，沒有反應。

蕭七的語聲更蒼涼，接道：「飛飛、仙仙、湘雲都是很好的女孩子，若是因為我盡殺她們，天亦難容。」

他說著再次舉起腳步，向那個女閻羅走過去，走得雖不怎樣快，但也並不怎樣慢。

十一步之後，他終於來到女閻羅的面前。

那個女閻羅瞪著他走來，一些反應也沒有。

也許只不過是一個沒有生命的瓷像吧！

蕭七腳步一頓，忽然又說道：「或者你並非這個樣子，但縱然這樣，亦美麗得很，但無論人也好，神也好，外表美麗與否並沒有多大關係，最重要的是內心。」

他說著一聲嘆息，伸手輕輕一拍女閻羅的肩膀。

好大的膽子！

他那隻手一落下，整個女閻羅的身子就四分五裂，簌簌的散落地上！

蕭七不由脫口一聲驚呼！

差不多同時，一聲慘叫從堂外傳來。

入耳驚心，蕭七一聲輕叱，身形一轉，一拔，疾往大堂左側一扇窗戶射去，其快如箭。

出。

「嘩啦」的一聲，那扇經已燒成焦炭的窗戶片片碎裂，蕭七箭矢般奪窗飛

慘叫聲正是從這個方向傳來。

◇

大堂左側也放著好些羅剎惡鬼瓷像，趙松命令一下，十幾個捕快就向這邊走來，每隔丈許留下兩人，陸續繞向堂後。

那個大堂的建築非常奇怪，三尖八角，雖然相隔只不過丈許，那些捕快幾乎每一組都是處於孤立的地方。

丁豹、馬伯棠是其中的一組，他們就站在大堂左側那扇窗戶的外面。

兩人都是趙松屬下的好手，尤其是馬伯棠，跟了趙松已經有六年。

六年來，他還是第一次置身於這種境地。

一股寒意正在他體內滋長。

丁豹的寒意更甚，腳步一停下，就問道：「老馬，你以前來過這裡沒有？」

馬伯棠搖頭道：「我根本就不知道有這個地方。」

丁豹道：「好在這件事只是人為。」

馬伯棠道：「是人為抑或神鬼的所為，目前如何仍然未能肯定。」

丁豹嘆息道：「不要說真鬼，就那些假鬼已經叫人膽顫心驚了。」

馬伯棠苦笑道：「若是都變成了真鬼，根本不用打，隨便做一個鬼臉，你我只怕就得癱軟在地上。」

丁豹聽說不由自主回頭一望。

在他的身後不遠，放著一個羅剎惡鬼的瓷像，他一路走來，已經不下望了三十眼，並沒有發現有何不對之處。可是現在再望，他渾身毛管立時倒豎起來。

那個羅剎惡鬼的右側，不知何時已多了一個骷髏鬼。

慘白的骷髏，咧著嘴，似笑而非笑，披著一襲及地黑長衫，骷髏頭亦用一條黑巾裹著。

這豈非就是人們口中所說的「勾魂使者」粉骷髏？

丁豹想叫，可是咽喉卻好像已經被封閉，一聲也發不出！

馬伯棠這時候亦已發覺丁豹有些不對路，問道：「怎樣了？」

丁豹好不容易從口中吐出一個字：「粉……」

「粉骷髏？」馬伯棠的反應也實在敏銳，連隨回頭向後望。

他的頭才轉過去，一股氣已噴在他面上。

那股氣並不寒冷，但那剎那給馬伯棠的，卻是有如墮進冰窖的感覺。

那剎那之間，他亦已看見了那個骷髏鬼！

「粉骷髏！」這一聲恐懼之極，也尖銳之極！

驚呼聲未絕，那個粉骷髏已到了他的面前，他刀已在手，一聲暴喝，疾斬了過去！

刀還未斬落，骷髏胸前的衣襟陡然一分，一道寒芒從中射出，射入了馬伯棠的胸膛。

是一支弩箭。

鮮血飛濺，馬伯棠慘叫一聲，撲地倒下，那把刀亦失了準繩，從骷髏的肩旁砍空，砍進泥土之內！

幾乎同一時，丁豹亦慘叫一聲，連人帶刀倒下去。

在他的胸膛之上，也釘進了一支同樣的弩箭。

「嘩啦」的一聲也就在這個時候響起，窗戶片片碎裂，蕭七箭矢般穿窗而出。

人在半空，劍已出鞘。

三尺三明珠寶劍。

第一聲慘叫入耳，蕭七身形已展開，到丁豹的慘叫聲入耳，蕭七人劍已經在堂外。

蕭七身形未落，他手中明珠寶劍已刺出。

那個粉骷髏實在想不到蕭七竟來得如此迅速，待要隱藏起來已來不及，也來不及閃開蕭七刺來的那一劍。

「奪」一聲骷髏頭粉碎，黑頭巾萎縮，那個粉骷髏的身子卻沒有倒下，衣襟陡然又一分，一支弩箭從中射出蕭七胸膛。

蕭七身形已下，劍竟然能夠同時收回，劍光一閃，叮的一響，弩箭被劍擊下。

「嗤嗤嗤」連隨又三下暴響，三支弩箭幾乎不分先後飛射蕭七三處要害。

蕭七長劍急揮，劍光飛灑，「叮叮叮」，接連擊下那三支弩箭。

三劍之後還有一劍！

劍疾如流星，反刺粉骷髏胸膛。

骷髏無頭的身子急退，說不出的詭異，蕭七心頭雖然驚駭，但劍勢並未受到絲毫的影響！

劍雖快，骷髏還是閃開這一劍，身形已閃進暗處。

蕭七冷笑，長劍連挑，將丁豹、馬伯棠手中的火把挑起來。

嗤嗤聲中，那兩支火把流星般飛射丈外，分別插在兩個羅剎惡鬼手中的兵刃之上！

火光照亮了那附近，那個骷髏的身形又畢露。

蕭七右手明珠寶劍，左手火把，緊緊接著凌空飛過去。

火光如流星，明珠寶劍斜映火光，閃電般輝煌，飛刺向那個無頭身軀。

周圍呼喝相繼雷動，趙松與數十個捕快，分從不同的方向殺奔過來。

他們尚未至，一條人影已然天馬行空般掠至，手握三尺七長刀。

「奔雷刀」董千戶。

董湘雲緊跟住董千戶身後，她的輕功雖然沒有乃父那麼高強，但比起趙松一眾卻也快了很多，眨眼間便已搶在他們之前。

趙松發力急追，一面大聲叱喝，道：「莫教走了。」

眾捕快紛紛回應，呼喝聲震撼夜空。

◇

那個無頭的骷髏鬼身形方待後退，蕭七閃電一般的明珠寶劍已刺至。

他怪叫一聲，無頭的身軀疾倒。

閃電般的明珠寶劍仍然刺在肩頭上，「篤」一聲，如刺朽木。

蕭七一聲暴喝，劍一挑，那襲黑袍「呼」地飛上了半天。

黑袍裹著的那個人立時畢露無遺。

一個完整的人。

有四肢，也有一個頭，只是這個人比任何人都矮小，赫然就是一個侏儒。

這個侏儒比一般的侏儒也不同，他的四肢特別長，驟看起來，簡直就像是一隻蜘蛛。

他不是別人，也就是蕭七他們方才追蹤的那個人。

十八 詭殺

「果然不出我所料。」蕭七劍指著蜘蛛，眼盯著蜘蛛。

其他人迅速湧至，董千戶長刀一展，便正待殺過去，後面的趙松卻高聲大呼道：「老前輩刀下留情。」

董千戶頭也不回，只是咆哮著道：「這廝竟然敢毒殺我的女兒，不殺他如何消得我心頭上的怒火？」

趙松卻呼道：「先問清他的動機也不遲，能夠活捉，當然更好。」

董千戶捋鬚道：「不錯不錯。」

蜘蛛即時一聲冷笑，道：「豈有這麼容易？」
趙松快步奔至，腳步一頓，低聲道：「今夜你還走得了？」
蜘蛛只是冷笑。
蕭七目光一落，接道：「好一身的輕功。」
蜘蛛回顧蕭七道：「好一手劍法。」
蕭七接問道：「是蜘蛛？」
蜘蛛道：「是！」一聲冷笑，道：「你知道的倒真不少！」
「也不多！」蕭七接問他道：「你姓劉？」
蜘蛛道：「我姓劉。」
蕭七道：「劉大娘是你的母親？」
「是！」蜘蛛冷笑道：「一人做事一人當，少找我母親麻煩。」
蕭七道：「你若是為她設想，為何又棄她而去？」
蜘蛛道：「我本來也是一個孝順兒子，可是方才卻完全沒有想到她的安全，也許我已經感覺到危機迫近！」

他忽然嘆了一口氣，道：「其實我應該早就想到有問題的了，因為這件事實在太順利。」

蕭七道：「你這個以毒藥殺人的計劃不能說不高明。」

蜘蛛道：「你怎會察覺？」

蕭七道：「這是你弄巧反拙。」

蜘蛛道：「哦？」

蕭七道：「你不該將那些燈火完全弄熄的。」

蜘蛛一呆，脫口道：「是不是黑暗中那些毒藥呈現出光澤？」

蕭七道：「如果燈火不熄滅，根本就發覺不到。」

蜘蛛頓足長嘆。

蕭七道：「所以我將計就計。」

蜘蛛長嘆道：「我實在高興得太早了一些，但無可否認，你實在是一個很仔細的人。」

蕭七道：「你也是。」

蜘蛛冷笑。

蕭七道：「董湘雲是不是你最後要殺的一個人？」

蜘蛛道：「應該是。」

蕭七道：「一個人在事情接近完全成功的時候，難免都會特別緊張，在事情完全成功之後，亦難免有些得意忘形，縱使是怎樣仔細的人，在那種情形之下，也會很容易有點疏忽。」

一頓又道：「任何輕微的疏忽都會變成致命傷。」

蜘蛛道：「有道理。」

蕭七轉問道：「近日來，出現的粉骷髏可都是你？」

蜘蛛道：「這附近一帶，除了我，還有誰能夠弄出那樣的一個粉骷髏？」

他冷然一笑，接道：「像我這種身材的人，不要說這附近，就算走遍天下也未必能夠找到多少個。」

蕭七道：「你跟了幽冥先生那麼多年，對於塑造瓷像多少當然都學到一些。」

蜘蛛道：「比起那個老頭兒雖然還有一段距離，但比起一個陶匠，相信差不了多少。」

蕭七道：「日前黃昏從馬車撲下那個羅剎鬼女瓷像，是否出自你手？」

蜘蛛道：「是，駕車的那個人也不是別人，就是我。」

蕭七道：「有意？」

蜘蛛道：「當然是有意。」

蕭七道：「想嫁禍幽冥先生？」

蜘蛛道：「有此打算。」

蕭七道：「瓷像中那個女屍到底是誰呢？」

蜘蛛道：「你應該知道的了。」

蕭七道：「杜飛飛？」

蜘蛛道：「正是她。」

蕭七心頭一陣刺痛，又道：「那個金娃？」

蜘蛛道：「也是我殺的。」

蕭七追問道：「仙仙呢？現在在什麼地方？」

蜘蛛道：「在黃泉路上。」

蕭七厲聲道：「她到底怎樣了？」

蜘蛛道：「已變成了一個瓷像。」

蕭七震驚，喝問道：「在哪裡？」

蜘蛛只是冷笑。

蕭七盯著他，咬牙切齒的問道：「為什麼你要這樣做？為什麼？」

蜘蛛的神態陡地一變，變得異常的猙獰，道：「你不知道為什麼？」

蕭七道：「不知道！」

蜘蛛忽然問道：「樂平縣附近一帶最英俊，最瀟灑的一個男人是誰？」

蕭七實在想不到蜘蛛竟會這樣問，不由怔在那裡，董湘雲卻替他回答道：

「當然是蕭七——蕭大哥的了。」

董千戶亦道：「我雖然是一個男人，也不能不承認這是事實。」

眾人也沒有異議。

蜘蛛接問道：「那麼附近一帶最醜陋，最難看的一個人你們以為又是誰？」

董千戶上下打量蜘蛛一眼，道：「以我看，該是小子你了。」

董湘雲接道：「我從來就沒有見過一個像你這樣難看的男人。」

蜘蛛盯著他們，眼瞳中似乎有怒火射出，忽然嘆了一口氣，道：「這句話也不只是你們說的，我也不是現在才聽到這種話。」

他的目光緩緩轉向蕭七，緩緩的道：「總之，我蜘蛛人如其名，完全像蜘蛛一樣醜陋而難看，永遠只能夠躲在暗角。」

董千戶道：「男人長得醜陋一些有何要緊？」

蜘蛛道：「話不是這樣說，醜陋一些，不錯，是沒有要緊，太醜陋，就非獨人見人厭，而且會變成一般人嘲笑的對象。」

董千戶道：「這與蕭七有何關係，與杜家姊妹，與我的女兒董湘雲又有何關係，為什麼你要殺害她們？」

蜘蛛道：「蕭七與我是兩個極端，極美與極醜，大家的遭遇也是極端不同。」

他的語聲變得很陰沉，接道：「杜家姊妹與你的女兒都是樂平這附近一帶最出色的美人，我不在話下，即使一般人都未必能夠得到手，可是蕭七呢，根本不用求，她們簡直就是在奉送，惟恐他不要。」

蕭七只聽得雙眉緊皺，董湘雲那邊卻漲紅了臉龐。

董千戶冷笑道：「你瞧不順眼？」

蜘蛛道：「當然，上天實在太過不公平，造物實在沒有理由這樣的極端。」語聲更陰沉接道：「所以好像我這樣的一個人固然不適宜存在人間，好像蕭七那樣的人也是不適宜存在人間的。」

董千戶搖頭道：「你小子的腦袋莫非有什麼問題？」

蜘蛛道：「也許有吧。」目光又轉向蕭七道：「無論我怎樣做，目的也只有一個——那就是討一個公道。」

蕭七盯著蜘蛛，雙眉緊鎖。

董千戶即時對蕭七道：「這小子的腦袋一定有問題，否則怎會有這種念頭？」

蕭七點頭，目注蜘蛛道：「有一點你必須明白，我蕭七長成這個樣子，並不是我的錯，杜家姊妹與董湘雲之喜歡我同樣不是我的錯，也不是她們的錯，若說是上天不公平，你必須討一個公道，該向上天討，不應歸咎於我們。」

蜘蛛道：「可惜除了這麼做之外，我實在不知道如何向上天討一個公道。」

蕭七語聲一沉，道：「蜘蛛！」

蜘蛛截口道：「不必多言，事情是我蜘蛛所做的，你能夠找到我蜘蛛，是你本領，蜘蛛人在你面前，你怎樣做就怎樣做好了。」

董千戶厲聲道：「與這種喪心病狂的人多說什麼，乾脆一刀砍掉了他的腦袋就是。」

蜘蛛應聲道：「這才是爽快。」

語聲未落，身形暴起。

蕭七的明珠寶劍立即刺出，董千戶一聲暴喝，三尺七長刀同時斬了過去。

劍刀齊下，斬裂了空氣。

劍氣刀光激起蜘蛛一身的衣裳獵獵作響，可是蜘蛛仍然能夠從劍刀交擊之中脫出。

半空中手腳一翻，嗤一聲，一支弩箭從他的手中射出，疾取董湘雲胸膛。

董千戶一聲：「大膽！」奔雷刀急回，「叮」一聲，凌空將那支弩箭斬下。

蜘蛛冷笑一聲，雙手齊揮，袖管中噹噹連聲，四支弩箭分射董湘雲，蕭七，董千戶，趙松。

董千戶長刀再揮，「叮」的又將那一支弩箭擊下，蕭七的劍同時將射向自己的那支弩箭震飛！

董湘雲的刀也不慢，趙松亦手急眼快，他那對天門棍交搭一擋，正好將弩箭擋下。

蜘蛛弩箭出手，身形已著地，伏地一滾，又是兩支弩箭射出。

兩個捕快首當其衝，雙雙倒下，一被弩箭射中咽喉，當場斃命。

另一個被弩箭射進胸膛，伏地慘叫連聲。

蜘蛛立時奪圍衝出，左右兩個捕快雙刀齊展，交錯劈下。

蜘蛛閃左刀，左手一托右來那個捕快的手腕，右拳同時擊在那個捕快的咽喉之上。

「嚓」一聲，那個捕快的咽喉立時陷了下去。

蜘蛛雙手特長，出拳奇速，勁力而且相當雄厚。

那個捕快的身子也被擊得倒飛了出去，仆地不起。

蜘蛛身形不停，一滾又躍，又掠前了三丈。

也許是身形關係，他的姿勢非常怪異，完全就像一隻蜘蛛無異。

他身形雖然迅速，蕭七也不慢，箭矢般凌空一射數丈，竟反而搶在蜘蛛前頭。

蜘蛛只覺得眼前人影一閃，蕭七已攔在身前，腳步才一頓，後面勁風颯然襲至，董千戶已然殺到。

他冷笑，曲身，四肢著地猛一掠，身形已打橫飛出，一飛又三丈，身形轉變之迅速，實在是非同小可。

蕭七橫身急追，明珠寶劍刺向蜘蛛肩頭。

蜘蛛身一彈，人已飛上了一個羅剎惡鬼的瓷像之上。

董千戶的奔雷刀迅速刺至。

「嚓」一聲，那個羅剎惡鬼的瓷像攔腰兩斷。

蜘蛛不等瓷像倒下，身形已然飛起，半空中一招手「嗤」一聲，一支弩箭急射董千戶前頸。

董千戶手急眼快，一刀封開，厲聲道：「倒要看你還有多少弩箭。」

蜘蛛沒有回答，也無暇回答，蕭七的明珠寶劍已然「嗤嗤嗤」向他連刺三劍。

蜘蛛身形滾動，凌空連閃三劍，手一抖，一支軟劍颼的在手中飛出，捲向蕭七咽喉。

蕭七道：「你也是用劍？」

一句話才不過五個字，他已經閃一劍，回刺十三劍。

蜘蛛連閃十二劍，還有一劍卻閃不了，左肩嗤的裂開了一道血口，一道鮮血飛虹般的射起。

他無動於衷，身形倒退，竟退回群捕之中。

蕭七倒想不到蜘蛛有此一著，一堵不住，急喝道：「各人小心。」

話口未完，蜘蛛的軟劍已纏住一個捕快的脖子。

那個捕快的脖子立刻斷截，一股鮮血沖天飛起，那顆頭顱也飛進半空！

蜘蛛劍都不停，一抖一挑，迅速削進了另一個捕快的小腹。

那個捕快狂吼一聲，翻身倒地。

趙松看在眼內，眼都紅了，一聲吆喝，天門棍走中宮，一齊撞向蜘蛛胸膛。

蜘蛛也不封擋，身形一側，轉撲向左邊的群捕。

一道劍光，立即飛來，擋在蜘蛛的身前。

是蕭七的明珠寶劍！

蕭七一刺十三劍，一面厲喝道：「你這是作甚？」

蜘蛛道：「我一生孤獨，現在眼看快要進黃泉了，總得找幾個伴。」

一面說一面退，連退十二步，猛一聲悶哼。

一個捕快旁來一刀，正劈在蜘蛛的腰際。

蜘蛛雖然及時閃開要害，腰際仍然被刀鋒劈開了一道口子。

血怒噴，蜘蛛怪叫一聲，軟劍猛一旋，捲向傷他那個捕快的咽喉。

眼看那個捕快就要身首異處，那支軟劍突然停在半空！

蜘蛛的動作那刹那完全停頓，左手卻就在那刹那一落，掩住了自己的小腹。

鮮血從他的指縫不住外滲。

他雙目圓睜，瞪著蕭七，一瞬也都不瞬。

蕭七木立在蜘蛛面前，劍低垂，劍尖在滴血。

那個捕快驚魂甫定，荒忙退開。

蜘蛛即時問道：「這就是斷腸劍？」

蕭七道：「不錯！」劍嗡一聲龍吟，震飛了劍鋒上的餘血！

蜘蛛說道：「好，斷腸劍果然名不虛傳。」

他突然笑了起來，笑接道：「現在我真的要進地獄去了。」

董千戶那邊冷笑道：「你本來就該進地獄。」

蜘蛛大笑道：「就是進去，我現在也已毫無遺憾。」

笑話聲中，血從他的嘴角不住涔下。

他笑顧蕭七，又說道：「黃泉路下我毫不寂寞，有杜家姊妹，有金娃，還有好幾個捕快相陪，蕭七你呢？」

蕭七渾身毛管逆立，沉聲道：「即使是在黃泉路上，她們也不會與你走在一起的。」

蜘蛛道：「真的麼？」

蕭七不能夠回答。

蜘蛛嘶聲道：「蕭七，你何不隨我在黃泉路上走一趟？」

蕭七冷冷的盯著蜘蛛，一聲也不發。

蜘蛛也盯著蕭七，那個身子緩緩的倒下，蜷縮，死亡的蜘蛛般蜷縮。

他的眼睛至死仍然是睜大，莫非他仍然死不瞑目？

眾人的目光都落在蜘蛛的身上，沒有人作聲，所有的目光彷彿都已凝結。

夜風淒冷，吹衣有聲。

董千戶伸手霍的一掃衣袂，道：「這種人可謂已喪心病狂，死不足惜！」

趙松接說道：「我看他的腦袋一定有毛病。」

董湘雲道：「否則怎麼會做出這種事情。」

三人你一言，我一語，蕭七聽若罔聞，木立在原地，整個人都陷入沉思中。

董湘雲終於發覺，道：「蕭大哥，你在想什麼？」

蕭七脫口應道：「仙仙。」

董湘雲嘟嘴道：「人都死了，還想什麼？」

蕭七喃喃道：「蜘蛛方才說，仙仙已變成一個瓷像。」

董湘雲道：「是啊。」

蕭七道：「塑造一個瓷像並不是一天半天可以，就拿今天來說，蜘蛛一直都很忙。」

已。」

趙松插口道：「所以蜘蛛也許只是說說，仙仙目前也許只不過被囚禁起來而

了。」

蕭七道：「蜘蛛既然要回來這裡，以常理推測，仙仙應該也就在這裡的

湘雲道：「我們現在就搜索這個莊院，將她找出來。」

董千戶奇怪道：「湘雲……」

董湘雲苦笑道：「爹爹，我想你也得承認仙仙實在是一個很可愛的女孩子。」

董千戶道：「不錯。」

湘雲嘆了一口氣，道：「像一個她那麼可愛的女孩子，誰也不忍心看見她受到傷害的。」

董千戶看看董湘雲，好一會才大聲道：「這才是我的好女兒。」

湘雲無言垂頭。

蕭七旁邊忽然道：「湘雲，你也是一個很可愛的女孩子。」

湘雲一笑，笑得只是有些苦澀。

蕭七指著對趙松道：「趙兄先料理傷者。」

趙松嘆息道：「這個蜘蛛心狠手辣，一擊必殺，方才我已經留意，他們都無可救藥了。」一頓強笑道：「做我們這種工作，死傷難免，蕭兄不必掛在心上。」

蕭七無言頷首，舉起腳步。

趙松接問道：「蕭兄，你準備從哪裡著手？」

蕭七道：「仍然是大堂內的地下室。」腳步漸加快。

雖快而沉重，一如他現在心情。

十九　借屍還魂

大堂仍然是那麼陰森，只是空氣中已多了一股血腥味。是風將血腥味從大堂外吹進來。

蕭七也仍然一個人，手持火把，走進大堂內來。

這一次他的腳步放得很快，迅速走到對門那面照壁之前。

照壁之上本來畫著鮮紅的、飛揚的火燄，但現在已經被那一場真實的、猛烈的火燄燒得焦黑。

那面照壁亦已因為烈火的焚燒而龜裂，所以蕭七很容易就將那道暗門找出來。

他以手中明珠寶劍將那道暗門挑開。

「依呀」的開門聲中，一蓬慘綠色的光芒立時灑在他的面上。

暗門之內是一條甬道，甬道的兩旁隔不了多遠就嵌著一盞油燈。

那些油燈的火燄卻是慘綠色的。

蕭七毫不猶疑的走了進去，手中劍卻握得更緊了。

他並沒有放輕腳步，寂靜中聽來，腳步聲分外清楚。

只不過是腳步聲，在蕭七本人聽來，竟完全沒有腳步聲的感覺。

他甚至懷疑那是否自己的腳步聲？

在他的感覺，就像是一條毒蛇在地面上游走。

他忽然留意到腳下的並非磚地、石地，也並非泥地，竟然是沙地。

整條甬道的地面鋪滿了沙石，走在那上面，就像走在沙灘之上。

這當然又是幽冥先生的傑作。

想到幽冥先生，蕭七不由得苦笑，這個人的所作所為，本來就不能拿來與一般人相提並論。

甬道進門約莫兩丈，就到盡頭，一列石級出現在蕭七的面前。

那列石級大得出奇，斜斜往下伸展，左右兩邊牆壁之上，也有那種油燈嵌著。

在蕭七的眼前始終就是一片慘綠色。

蕭七竟然始終那麼穩定，始終不變。

一種難言的恐怖感覺卻已在他體內滋長。

◇

石級走盡，又是一條甬道。

這條甬道卻有一丈長短，盡頭是一道石門。

那道石門在慘綠色的燈光照耀下，也變成了慘綠色，但是本來可以肯定絕對不是。

石門的兩旁，站著兩個羅剎鬼女，線條之優美，實在是少有。

那兩個羅剎鬼女碧綠閃亮，渾身赤裸，高度與一般人並沒有多大的差別，面貌也與一般的女人無異。

她們的面貌並不相同，但都是美麗之極，也都是晶瑩碧綠，只有那一雙眼睛例外。

那雙眼睛是血紅色，就像有鮮血要滴出來。

碧綠的面龐，血紅的眼睛，美麗雖然是美麗，但這種美麗又豈是人間所有？

看見這兩個羅剎鬼女，蕭七不由自主想起了那個女閻羅。

他看見這兩個羅剎鬼女，同時也看見了石門上的兩組奇怪的花紋。

那其實是梵文，蕭七也當然看得懂。

「人間」

蕭七不禁嘟喃道：「人間怎麼反而在地下？唉，這個幽冥先生。」

他嘆息著走前兩步。

那兩個羅剎鬼女瞪著他走過來，但並沒有採取任何的行動。

蕭七當然看得出，那只是兩個瓷像而已。

他在石門前收住腳步，上下打量了那道石門一遍，暗忖道：「這道石門又如何開啟？」

石門上並沒有匙洞也沒有任何把柄。

蕭七將左手火把往壁縫一插，抵在門上，上下左右推托。

可是，那道石門一些反應也沒有。

「奇怪，」蕭七目光轉向左右，沉吟道：「關鍵莫非是在這兩個羅剎鬼女的身上？」

那兩個羅剎鬼女像聽到他的說話，一雙眼睛那剎那間彷彿更紅了。

左邊的那個本來擺手作請客內進之狀，那剎那之間，請進的意思更加濃厚。

蕭七明知道是自己的錯覺，可是仍然不由自主的伸出手去，牽著那個鬼女的右手，道：「你告訴我如何進去成不成？」

語聲突斷！

觸手冰冷，那分明是一個瓷像，可能是剎那之間，蕭七突然發覺那隻手竟然是能夠活動的。

那隻手就隨著蕭七的手往下沉去。

蕭七吃驚的望著那個羅剎鬼女，正想放開手，耳旁就聽到軋軋一陣聲響。

他循聲望去，就看見那道石門正在向旁移動。

那個羅剎鬼女的右手竟然也就是石門開關機鈕的所在。

蕭七不禁苦笑，但仍說一聲：「謝謝你。」才將手放開。

石門開啟，一蓬刺眼的光芒就射在蕭七面上。

蕭七半瞇起眼睛，一動也不動，人與劍卻已蓄勢待發！

一個奇怪的念頭即時在他的腦海浮起來。

人間到底又怎樣？

一個生存在人間的人，竟然會生出這個念頭，是不是有些可笑？

動念示已，蕭七不禁就苦笑起來，舉步往門內走去。

這時候，他的眼睛已經能夠完全適應那種光芒。

◇

光芒是來自七盞琉璃燈。

那七盞琉璃燈高懸在承塵之下，七彩繽紛，瑰麗而奪目。

燈光照亮那個地下室。

但無論什麼人看來，相信都沒有地下室的感覺。

因為那個地下室實在太華麗了。

所有的陳設裝飾顯然都下過一番心思，也顯然化了不少的金錢。

硬要譬喻的話，那簡直就是像皇宮一樣。

蕭七並沒有進過皇宮，但他到過的地方也實在不少的了，卻從未見過有一處地方這樣華麗。

所以那剎那之間，在他不由就有置身於皇宮的感受。

傳說中的皇宮是否這樣呢？

蕭七不知道，也沒有多想，那剎那之後，他的目光，以至整副心神，都已經完全被一個女人吸引。

一個赤裸的女人。

那個女人臥在琉璃燈光下的一張繡榻之上，擁著一張繡著龍鳳的錦被。

那張錦被在繽紛七彩的燈光之下，更見瑰麗。

那個女人的肌膚卻是雪白無瑕，在燈光下散發著一抹難以言喻、令人一瞥心蕩神搖盡光澤，散發著一種令人難以抗拒，難以將目光移開的強烈誘惑！

在錦被的襯托下，這種誘惑也就更加強烈了。

蕭七仗劍江湖，詩酒風流，但一向都非常自愛，雖然有很多方面，他不足被稱為一個君子，亦有很多方面他足以做一個君子有餘。

有生以來，這還是他第一次看見一個赤裸裸的女人。

他從來未想過一個女人的身體竟然會這樣美麗，這樣迷人。

他的目光不覺已凝結，呼吸也變得急速起來。

那個女人好像知道已有人走進來，整個頭都埋在被窩裡，一個身子不停的在顫抖。

她顯然是很想將整個身子也縮進被窩之內，可是她不能夠。

因為她的四肢都已被四條紅綾的另一頭繫在錦榻的四角，雖然並沒有拉緊，她亦只能夠做有限度的移動。

這是誰？是不是仙仙？

蕭七一想到這裡，整顆心立時懸了起來，忙急步向前，伸手抓住了那張錦被。

那個女人彷佛有所感覺，身子顫抖得更厲害。

一種顯然是出於恐懼的顫抖。

蕭七深深的吸了一口氣，緩緩將那張錦被扯開。

他終於看到那個女人的面龐！

一股強烈的恐懼立時雷殛一樣震撼他的心弦，他整個身子都顫抖起來。顫抖得很厲害。

因為他看到的並不是一張人臉！是一張鬼臉！

這個女人的臉龐赫然與那些羅剎鬼女一樣，慘綠色的晶瑩而閃亮。不同的只是眼睛。

那些羅剎鬼女的眼睛沒有眼珠，一片血紅色，這個女人的眼睛只是以血紅色描了一道眼線，眼睛是中空的，之內另有一雙眼睛。

這雙眼睛卻是活的。

黑漆一般的一雙眼瞳，孕滿了淚珠，在燈光之下晶瑩而閃亮。

這雙眼睛本來充滿了恐懼，可是與蕭七的視線一接觸，那種恐懼竟完全消散。

換過來的是一種極其奇怪的眼神。

似驚又似喜。

好像意外之極，又好像在意料中。

這眼神在蕭七卻是如此熟悉。

「仙仙！」蕭七不由自主失聲驚呼。

兩行眼淚應聲從那雙眼睛之內湧了出來。

蕭七看在眼內，心都快要碎了，他顫抖著聲音，道：「是仙仙你嗎？」

這個女人頷首，淚如泉湧。

蕭七利劍急揮，刷刷刷的四劍，盡將紅綾削斷！

仙仙渾忘全身赤裸，從錦榻上爬起身子，投向蕭七的懷抱。

蕭七雖然知道眼前人是仙仙，但目睹那樣的一張羅剎鬼臉向自己湊近過來，不免亦有些心驚膽顫。

可是他仍然張開臂，將仙仙緊摟入懷中。

芬芳的肉體，眩目的膚色，溫軟的肌膚，這情境原來是很旖旎的，但因為那張臉龐影響，就非獨旖旎，且有些恐懼。

蕭七從來都未有過這種經驗。

在那片刻，他也不知道到底是什麼感受。

也不過片刻，他肩頭的衣服已經被淚水濕透。

蕭七又是感慨，又是難過，道：「仙仙，不要哭了，一切已成為過去。」

仙仙仍然淚流不止。

只有淚，沒有聲。

蕭七由得她哭了一會，才將她放開。

這時候，他的心情已經完全平靜下來，仙仙的心情也顯然開始平靜了。

她好像忽然想起身無寸縷，掙扎著從蕭七的懷中脫出，半曲著身子，雙手掩住了胸膛。

蕭七嘆了一口氣，伸手將那張錦被拿起，裹住了仙仙的身子。

仙仙的眼淚不禁又流下。

蕭七憐惜的摟著仙仙，道：「那隻蜘蛛將你嚇壞了。」

仙仙只是流淚。

蕭七又道：「他可有欺負你？」

仙仙搖頭。

蕭七伸手輕撫著仙仙的臉頰，道：「只是將你的臉弄成這樣？」

仙仙頷首。

蕭七目光由下至上，再又由下至上，道：「看來他是準備將你整個人燒成瓷像，幸好我來得及時。」

他說著一再輕撫仙仙那張恐怖的羅剎鬼臉。

觸手冰冷，一點也沒有撫著活人面上的感覺。

他不覺打了一個寒噤，道：「我替你將瓷土弄掉。」一面說一面手往下移。

那些瓷土只是塑到仙仙的脖子，蕭七捏著其中一角，正準備將之扳下，那知道，才一動手，仙仙已將頭亂搖，眼瞳中也露出了痛苦的神色。

蕭七驚覺，道：「很痛？」

仙仙頷首。

蕭七立時想起飛飛那個被藏在瓷像之中的屍體。

那具屍體被弄出來之後，皮肉盡爛，不就是黏在瓷片之上？

以仵工郭老爹的經驗，而且又是陶匠出身，雖則那麼小心，仍然不能避免屍體的損壞。

仙仙現在顯然又像飛飛那情形。

蕭七看看仙仙那張羅刹鬼臉，看看自己的手，不由心寒了起來。

——應該怎樣？

蕭七一時間六神無主。

他細心再打量仙仙那張羅刹鬼臉，除了眼睛鼻子下有兩個透氣小洞，耳朵也有兩個，此外便完全被瓷土封閉，連嘴唇也沒有例外。

所以仙仙能看，能聽，也能呼吸，不致窒息，但卻不能說話，也不能吃東西和喝水。

一個人不喝水，不吃東西，短時間還不成問題，但再多幾天，就很難支持得住，不餓死，也得渴死的了。

怎樣是好？

蕭七頭大如斗，整個人都陷進沉思之中。

仙仙凝望著蕭七，眼淚間歇地湧出來，看來是那麼淒涼。

淒涼而詭異。

良久，蕭七嘆了一口氣，道：「仙仙，我先抱你上去好不好？」

仙仙頷首。

蕭七將仙仙抱了起來，往室外走去。

他不停的說著安慰的說話，說得要弄掉那些瓷土，簡直就是一件輕而易舉的事情。

甚至他裝出一臉笑容。

仙仙並沒有任何表情，只從她的眼睛中，也根本很難看出她真正的感受。

可是她的淚仍然不斷湧出。

蕭七只看得肝腸寸斷，他也知道自己笑得一定很勉強，也知道自己的話聽來並不太真實。

況且仙仙曾到過驗屍房，看見過飛飛從瓷土之下弄出來的屍體。

但他仍然不停地安慰仙仙。

畢竟他是一個多情的人，也是深愛仙仙的。

◇◇◇

夜色仍深沉，距離黎明卻已不遠的了。

羅剎群鬼之中，群捕手拿火把靜立，一聲不發，他們的目光都集中在蕭七懷中那裏在錦被內的仙仙。

那些目光大都充滿了憐憫，他們大都曾經見過這個可愛的女孩子。

仙仙閉上了眼睛，緊偎在蕭七懷中。

她當然害怕接觸到這種目光。

董千戶也在盯著她，目光也充滿了憐憫，他雖然脾氣暴躁，慣施霹靂手段，但並不是一個冷酷無情的人。

董湘雲亦是，對仙仙她雖然妒忌得要命，到底是一個善良的女孩子，現在看見仙仙變成這個樣子，非獨不再怒她，反而替她難過。

不只是蕭七，所有人都不能夠替仙仙想出一個妥善的辦法。

這種事情在他們來說，畢竟是破題兒第一趟。

他們既覺得奇怪，又感到恐怖。

那個侏儒，那個「蜘蛛」的腦袋莫非真的是出了毛病？

良久，董千戶第一個打破沉默，道：「我們待在這裡也不是辦法，倒不如先回去看看如何再說呀。」

趙松接道：「城中多的是陶匠，集合眾人，相信也許能夠想出一個妥善的辦法，清除仙仙小姐面上的瓷土，回復她本來的花容月貌。」

蕭七微微頷首，道：「說的也是。」

董湘雲忽然道：「萬一都無法可施，那如何是好？」

沒有人回答她這句話。

董湘雲等了一會，嘆息道：「若是真的弄到面目全非，那就真的太可惜了。」

蕭七緩緩道：「一個人只要內心美麗，外表就是怎樣醜陋，又有何要緊？」

這句話出口，仙仙的眼淚又自奪眶而出。

蕭七看在眼內，嘆息道：「仙仙，你放心，一定有辦法的！」

仙仙只是流淚。

董湘雲那邊聽著，也不知什麼滋味，忽又道：「我現在倒希望自己變成仙仙那樣子了。」

蕭七瞥了湘雲一眼，苦笑。

董千戶那邊卻輕叱道：「你在胡說什麼？」

湘雲道：「我是說真的。」

董千戶一怔，想笑，卻又笑不出來，反而嘆了一口氣。

湘雲轉向蕭七道：「蕭大哥，你打算將仙仙安置在哪兒？」

董千戶插口道：「當然送回杜家。」

湘雲道：「這不成，死了一個飛飛，杜家伯母已夠傷心的了，再看見仙仙變成這樣子，叫她如何抵受得住這個打擊？」

董千戶道：「不錯不錯。」

蕭七道：「我家也不成。」

董千戶道：「為什麼？」

蕭七道：「家中的上下人等與杜家伯母那邊平日都有往來。」

趙松插口說道：「衙門方面卻也不是很方便。」

董千戶道：「如何是好？」

湘雲道：「以我看，還是暫時送到我們家好了，一來我可以照顧她。」

董千戶撫掌道：「是極是極。」

蕭七道：「這個……」話說到一半，又住了口。

湘雲好像知道他要說什麼，瞪眼道：「蕭大哥，難道這個時候你還不相信我，擔心我會傷害仙仙？」

蕭七搖頭道：「不是這意思，問題在仙仙……」

話口未完，仙仙已經頷首。

湘雲立即嚷道：「你看，仙仙也同意了。」

蕭七道：「既然如此，那麼，就依你好了。」

湘雲道：「那麼我們現在就得動身，否則天亮回城，被旁人看了出來，可是不妙。」

蕭七目注湘雲，道：「什麼時候你變得這樣細心了？」

湘雲嘆了一口氣，道：「總有一天你會發現我並不是你心目中那樣不好的。」

蕭七苦澀的笑笑。

趙松一旁插口問道：「蕭兄，你看那蜘蛛是否還有同黨？」

蕭七道：「這種人即使要找同黨，也不容易找得到，能夠做得他同黨的人，也是個見死不救的人。」

趙松一想道：「有道理。」

一頓接道：「看來這件事到現在已是告一段落的了。」

蕭七道：「也許。」

董千戶道：「這個結局雖然不怎樣好，幸而也還不算太壞。」

蕭七道：「嗯。」又嘆息一聲。

也就在這個時候，一陣馬蹄聲遙傳而來。

董千戶也許並不是第一個發覺，卻是第一個開口，道：「有馬來。」

蕭七道：「是兩騎。」

董千戶道：「向這邊靠近，不知是什麼人？」

趙松立即揮手吩咐道：「兒郎們小心戒備！」

眾捕快如驚弓之鳥，一時間全都緊張起來。

蹄聲迅速移近，很快已到莊門外，陡然一頓，一個聲音立即嚷道：「頭兒！」

另一個聲音接嚷：「總捕頭！」

蕭七一聽，目注趙松道：「來的相信是你的手下。」

趙松點頭，振吭道：「我在莊內，進來！」

兩個捕快應聲匆匆從門外奔入。

蕭七目光一落，道：「那不是你叫去那個漁村找尋金保的人？」

趙松道：「相信有消息的了。」

說話間，兩個捕快已經走近來。

趙松立即問道：「有什麼事，如此匆忙？」

一個捕快應道：「回捕頭，我們已找到那個老漁夫金保，帶返衙門。」

趙松道：「那又怎樣了？」

一個捕快道：「幽冥先生叫他進入驗屍房，之後不久，不知何故金保驚呼連聲，我們以為發生了什麼事，衝過去一看，只見金保一面的驚惶之色，整個人癱軟在椅子上，幽冥先生立即就叫我們去將頭兒與蕭公子找回去！」

趙松道：「還有什麼話？」

一個捕快道：「他一再催促我們趕快起程，並沒有多說其他。」

趙松目注蕭七道：「看來這件事只怕又生枝節的了。」

那個捕快道：「幽冥先生請你們趕快回去。」

蕭七皺眉道：「這樣說，事情只怕還並不簡單。」

他當機立斷，將懷中仙仙送向湘雲，道：「仙仙現在開始交給你照顧的了。」

湘雲將仙仙接下，甚麼也沒有說，只道：「放心！」

蕭七點頭。

仙仙卻張開眼睛，哀憐的望著蕭七。

蕭七看在眼內，道：「仙仙，湘雲會好好照顧你的。」

仙仙好一會才點頭。

蕭七回頭對董千戶道：「這些事老前輩也請費心一點，回頭我們在老前輩那兒再見。」

董千戶笑道：「老實說，我實在想與你們走一趟，看一看那個老怪物在幹什麼，但讓湘雲這丫頭一個人回去，卻又是放心不下。」

蕭七苦笑，道：「一切拜託。」

轉對趙松打了一個招呼，領先奔了出去。

兩匹馬留在莊門外，蕭七也不多說，縱身躍上其中一匹。

趙松亦很快奔出來，亦自躍上另外一匹馬上。

一聲叱喝。

雙騎奔出。

馬快如飛，迅速奔入了柳林中那條道路。

月色淒涼，夜風蕭索。

搖曳的柳條有如群鬼亂舞，彷彿隨時都會勾奪兩人的魂魄。

蕭七面寒如水，趙松心頭冰冷，但控韁之手仍然很穩定。

兩騎飛快的去遠。

月光斜照進衙門的驗屍房。

驗屍房中有燈。

燈光與月光同樣朦朧。

燈光月光照耀下，幽冥先生幽然坐在一張椅子上，神態顯示出一種說不出的疲倦。一個老漁翁坐在他們對面，那正是金娃的父親金保。

只不過幾天，金保好像已老了幾年。

金保只有金娃一個女兒，但卻因為蕭七那無心的一笑，而被骷髏勾去她的魂魄，心中難免充滿了悲哀。

悲哀往往會使一個人容易衰老。

在進來這個驗屍房之前，他本來一面憂傷之色，可是在進來之後，這憂傷之色已經被另外一種神色代替。

那是一種非常奇怪的神色，驚訝，恐懼，徬徨，兼而有之。

這種奇怪的神色一直到現在也仍未減退，在他的眼瞳之中更見明顯。

他一雙眼睛，現在正盯在放著飛飛那個屍體的榻上，正盯著飛飛的臉龐。

飛飛的臉龐本來破爛不堪，恐怖之極，但現在破爛的地方已經填補。

金保現在所看見的，已經是一張完整的臉龐。

這張臉龐雖然完整，卻一絲人氣也沒有，眉毛是白色的，嘴唇也一樣。

整張臉龐白得出奇，白得妖異，映著燈光，幽然散發著一種令人心寒的冷芒。

這無疑是一張人臉，但細看之下，完全就不像是一張人臉。

飛飛破爛的臉龐會變成這樣？

難道這就是幽冥先生「借屍還魂」的妙法所產生的奇效？

飛飛的一雙眼睛仍然緊閉。

借屍還魂，是否就會重生？

二十　三大美人

幽冥先生的眼睛雖然沒有閉上，卻垂得很低，一直到蕭七飛步進來，眼皮子才一跳動。

蕭七的後面緊跟著趙松，一身衣衫已被汗水濕透。

幽冥先生眼皮子一跳之後，終於緩緩抬起了目光，望著蕭七，道：「事情怎樣的了？」

蕭七道：「也許可以叫做已經告一段落。」

幽冥先生道：「那是說，是誰在作怪，已經弄清楚了？」

蕭七道：「嗯。」

幽冥先生追問道：「誰？」

蕭七緩緩的道：「蜘蛛。」

幽冥先生一些也不顯得詫異，嘆了一口氣，道：「我早就想到可能是他了。」

他一再嘆息接道：「除了他，有誰能弄出那樣的一個羅剎鬼像，竟然教郭老爹一看就想到我頭上。」

蕭七道：「老前輩這次走眼了。」

幽冥先生苦笑，道：「無論從哪一個角度來看，這件事都應該是一個深愛你的女人所為，男人竟然會做出這種事情，實在大出我意料之外。」

蕭七道：「一個人的腦袋如果沒有毛病，根本就不會做出這種事情，一個腦袋有毛病的人所做出來的事情，自然就不能夠以常理來推測，本該就出人意料。」

幽冥先生道：「那麼也總會有一個原因才是。」

蕭七道：「當然。」

幽冥先生道：「到底為甚麼？」

蕭七道：「討一個公道。」

幽冥先生道：「哦？」

趙松插口解釋道：「樂平這附近一帶，以蕭公子最英俊，卻以蜘蛛最醜陋。」

幽冥先生笑顧蕭七，道：「這句話倒不錯。」

趙松道：「也因此，美麗的女孩子不用說，就是一般的女孩子也不會喜歡蜘蛛的。」

幽冥先生笑道：「相反，小蕭卻是人見人愛。」

蕭七苦笑。

趙松接道：「別的不說，就是我們樂平縣的三大美人，也都是大有非蕭兄不嫁之意。」

蕭七只是苦笑。

幽冥先生道：「蜘蛛也就因此仇恨小蕭。」

趙松道：「他恨的其實是天，恨天怎麼造得他那樣的醜陋，卻造得蕭兄那麼英俊。」

幽冥先生道：「可是他如何能夠向天討一個公道？」

蕭七道：「所以他這樣做。」

幽冥先生又嘆息一聲，道：「看來他的腦袋真的有些問題了。」又問：「他在哪裡露餡的？」

蕭七道：「在董家莊。」

幽冥先生道：「董千戶那兒？」

蕭七道：「他原是陰謀毒殺董湘雲，但一下疏忽，便被我發現，將計就計，欲擒故縱。」

幽冥先生道：「怎麼不當場將他拿住呢？」

蕭七道：「因為我懷疑他背後有主謀的人。」

幽冥先生道：「原來你是打算跟蹤他，看情形，將他們一網打盡。」他忽然一笑，又道：「蜘蛛這個人生性孤僻，脾氣我看要比我還要古怪，好像這樣一個人，相信很難有人跟他合得來。」

蕭七道：「老前輩這番話也未嘗沒有道理。」

幽冥先生道：「事實證明他並沒有與他人合謀？」

蕭七道：「嗯。」

幽冥先生道：「你追蹤他到了什麼地方？」

蕭七道：「捺落迦。」

幽冥先生哦了一聲，道：「我建造的那個捺落迦？」

蕭七道：「難道還有第二個那樣子的地方？」

幽冥先生傲然一笑，道：「像我這樣脾氣的人固然是絕無僅有，本領有我這麼高明的相信也不多。」

蕭七道：「晚輩也是這樣說。」

幽冥先生道：「結果怎樣了？」

蕭七道：「免不了一場血戰，倒給他用弩箭軟劍射殺了幾個捕快。」

幽冥先生道：「那都是我教給他的本領。」

蕭七繼續說道：「輕功方面他練得很不錯。」

「而且別創一格，那是因為他的身形關係。」幽冥先生轉問道：「現在他怎樣了？」

蕭七道：「已倒在我的劍下。」

幽冥先生皺眉道：「無情子的斷腸劍法出了名的斷腸奪命，蜘蛛當然是凶多吉少了。」

蕭七頷首。

幽冥先生額上的皺紋更深，道：「這在他，未嘗不是一個大解脫。」

一頓問道：「是了，聽說那位杜仙仙姑娘已被人誘拐失蹤，不知是不是他做的手腳？」

蕭七道：「也是他。」

幽冥先生道：「人現在如何？」

蕭七道：「已從捺落迦中救出。」

幽冥先生道：「未嘗不是不幸中的大幸。」

蕭七微喟道：「可是仙仙的頭已被他塗上瓷土燒硬。」

幽冥先生道：「已死了？」

蕭七道：「還沒有。」

幽冥先生又是一怔，道：「這小子燒瓷的技術想不到竟也有一手，難道竟真的青出於藍？」

蕭七道：「我曾經試圖將之揭下，可是稍為用力，仙仙便已呼痛。」

幽冥先生忙道：「這個用強不得，萬一弄成飛飛那樣，可就大大不妙。」

蕭七道：「未知老前輩可有什麼妙法嗎？」

幽冥先生抓抓腦袋，苦笑道：「現在沒有，仔細想想，也許會想出辦法來亦未可知。」

蕭七道：「尚請老前輩費費心神。」

幽冥先生道：「嗯。」

蕭七接道：「仙仙的嘴巴也給封上，喝水都不成，稍後說不定迫不得已，要先行用強揭開封著她嘴巴那兒的瓷土。」

幽冥先生頓足道：「蜘蛛怎變得這樣手段毒辣？」

蕭七無言嘆息。

趙松一旁插口問道：「是了，先生催促我們回來，到底為了甚麼？」

幽冥先生抓著腦袋的亂髮，道：「有件事情本來就已經很奇怪，現在再給蜘蛛一鬧，變得更複雜，更奇怪的了。」

趙松道：「到底是什麼事情？」

「你們看！」幽冥先生手指著飛飛的那張蒼白得出奇的臉龐。

趙松目光一落，道：「那是誰？怎麼在這裡？」

蕭七亦問道：「怎麼又多了一條屍體呢？」

幽冥先生似笑非笑的望著蕭七，道：「小蕭，你看清楚屍體的容貌。」

蕭七上前兩步，細看了一眼，道：「好像在哪兒見過一面。」

幽冥先生道：「你不認識她？」

蕭七搖頭道：「不認識。」

幽冥先生道：「將蓋在屍體上的白布拉開。」

蕭七依言拉開了那塊白布。

一陣惡臭立時直撲鼻端，白布下蓋著的是一個肌肉破爛的身軀。

蕭七一皺眉道：「這莫非就是飛飛那具屍體？」

幽冥先生道：「本來就是的。」

蕭七道：「可是飛飛的容貌……」

幽冥先生道：「屍體本屬於飛飛，容貌卻不是，這是否非常奇怪？」

蕭七不明白。

趙松同樣不明白，問道：「怎麼會這樣的？」

一頓突然失聲道：「借屍還魂！莫非這就是先生所謂借屍還魂？」

整個房間那剎那彷彿突然一暗，彷彿突然陷入了黑暗幽冥之中。

「借屍還魂……」幽冥先生嘆了一口氣，忽然道：「老實說，我哪裡有這種本領？」

趙松道：「然則先生的所謂……」

幽冥先生道：「我那所謂借屍還魂，其實不過是借屍還臉罷了。」

趙松道：「什麼叫借屍還臉？」

幽冥先生道：「屍體所以不能夠確定身分，原因不過在肌肉破爛，分辨不出她本來面目，要回復她本來面目，即使有拔毒生肌的靈丹妙藥，在現在這種情況之下也是沒有用的了。」

趙松道：「當然。」

幽冥先生道：「唯一的辦法，就是將破爛的部份填補起來，這件事在別人無疑是匪夷所思，但是在一個陶匠來說，雖不是輕而易舉，也不是全無可能。」

蕭七恍然道：「先生莫非就是將瓷土填補進破爛的地方，根據面部的輪廓，重新塑一張顏臉出來？」

幽冥先生道：「正是如此。」

趙松道：「難怪先生要我們準備白灰細泥與及陶匠的工具了。」

幽冥先生道：「我那所謂借屍還魂說穿了，其實就這樣簡單。」

蕭七道：「絕不簡單，屍體面部的肌肉破爛成那樣子，要將她本來的容貌塑造出來，那是談何容易？」

幽冥先生道：「增一分往往太多，減一分往往太少，力道，份量等都要準確，稍不小心，就會變形。」

蕭七道：「先生也實在太辛苦了。」

趙松亦說道：「難怪先生看來顯得如此的疲倦。」

幽冥先生道：「但畢竟沒有白費心力。」

他傲然笑顧屍體那張臉龐，道：「這張臉不敢說十足十的與原來一樣，但沒有九分，最少也有八分八相似了。」

趙松連連點頭，讚嘆道：「高明，高明！」

蕭七卻怔在那裡。

幽冥先生回顧蕭七，道：「可是屍體雖然是被認定為杜飛飛的屍體，恢復了容貌，小蕭卻竟然認不出來。」

趙松一疊聲，道：「果然奇怪之至，奇怪之至。」

幽冥先生接道：「這若非我的技術有問題，那就只有一種解釋。」

蕭七接道：「就是──屍體並非飛飛所有。」

趙松道：「那麼是誰所有？」

蕭七陷入了沉思之中，一雙眼盯穩了屍體那張瓷土塑出來的臉。

眼前那張臉他的確好像在哪裡見過。

可是，在哪裡？

蕭七一時間卻又想不起來。

幽冥先生即時道：「這位老人家你們見到的了。」手指著金保。

蕭七、趙松早已在意金保的存在，但話說開來，一時間沒有問及，蕭七目光一轉，應道：「也是好像哪裡見過似的。」

幽冥先生道：「可是那天黃昏在柳堤之上？」

蕭七一言驚醒，向金保一揖道：「老人家莫非就是那位姓金的老伯？」

金保慌忙站起身子，顫聲道：「公子如此多禮，折煞老朽了。」

蕭七道：「金老伯年紀長於我，總是前輩。」

金保道：「老朽正是金保。」

蕭七道：「那天我離開之後，到底發生什麼事情？」

金保道：「一個骷髏突然簇擁著白煙出現，聲稱乃是來自地獄的使者，奉女閻羅之令，凡人間女子，有喜歡公子者一律勾其魂，奪其魄！」

蕭七苦笑道：「這是否有些荒謬？」

金保頷首長嘆道：「老朽也是這樣說，當時也只以為誰人在開玩笑，哪知道一竹竿砸下去，骷髏竟粉碎，可是語聲仍然從白煙中傳出來，也竟然言出必行，將我的金娃勾魂奪魄！」

他越說語聲顫抖得越厲害。

蕭七沉聲道：「這都是晚輩不好。」

金保不住搖手道：「公子千萬不要這樣說，在樂平一帶，誰不知道公子平易近人，對人一笑，本是極之平常的事。」

蕭七無言。

金保接道：「公子人中之龍，瀟灑脫俗，這樂平一帶的女孩子相信也不知有多少為公子醉倒，所以我那個金娃一見鍾情，也並不難理解。」

這個老漁夫看來倒也通情達理。

蕭七卻只有苦笑。

金保的語聲一變，嘶啞著又道：「可是只因為心中喜歡，便要賠上性命，實在豈有此理，那個女閻羅雖然控制人間生死，隨時都可以取我性命，到現在，無論誰問我，我也還是那句話——一千一萬個不服！」

蕭七點頭道：「果真有這種事，還有天理嗎？」

金保不覺流下了兩行老淚，道：「老朽也是這樣想，自金娃死後，附近一帶的山神土地，都已焚香造遍了。」

蕭七苦笑道：「那倘若真的是神鬼的所為，除非女閻羅權傾九天十地，否則也該有個什麼神來管管她了，可惜那並非神鬼所為，老人家的一番苦心卻是白費了。」

金保奇怪的問道：「公子說那些是人為的？」

蕭七道：「是一個叫做蜘蛛的人幹的，方才已給我們擊殺了。」

金保老淚迸流，道：「皇天有眼。」一頓又問道：「真的已死了？」

蕭七道：「老人家若不信，無妨問一問這位趙總捕頭。」

金保沒有問趙松，也不等趙松開口，立即道：「我不是不信，只是太高興，有點兒意外。」

他的眼淚又流下，淚中有笑，道：「那麼這兒沒有我的事了。」

幽冥先生奇怪道：「怎麼你連是什麼原因也不問？」

金保搖頭道：「像我們這種打魚人家，平日根本就不會與人結怨，金娃更不會，這一次禍從天降，若說是罪在我們的父女兩人，那就是前生造孽，今世報應，否則不用說，壓根兒與我們父女沒有關係，我們父女二人只是在別人安排中的犧牲品，一切自有官府，自有蕭公子替我們雪恨，我既無力相助，相信也更沒有插手的餘地，管來幹麼？說到原因，問來也是無用的，我又何必去查根問底？」

幽冥先生道：「你倒也看得開，我若是也像你這樣看得開，日子一定沒有那樣子難過。」

話口未完，他忽然笑起來。

笑得就像是一個白痴。

金保莫名其妙的望著幽冥先生，蕭七、趙松雖然多少都有些詫異，但多少也都明白幽冥先生話中的含義，明白幽冥先生此刻的心情。

幽冥先生若是看得開，又何至於終年躲在捺落迦之內，不停的塑造地獄諸鬼神呢？

良久，幽冥先生才收住了笑聲，目注蕭七、趙松道：「兩位找金老人家到來，主要的目的我知道乃是想弄清楚那天柳堤上發生的事情。」

趙松道：「不錯，只是先生何以將金老伯請進來這裡？」

「當然有原因。」幽冥先生道：「金老人家到來的時候，我剛好完工，弄妥屍體的容貌，越看那就越覺得不對，所以知道消息，心血來潮，忍不住就請他進來一看。」

趙松道：「到底是什麼不對？」

幽冥先生道：「就是屍體的容貌。」

他目光一轉，道：「你們都認定屍體是杜飛飛所有，但是一開始，我就已覺得有些不像。」

蕭七忍不住問道：「為什麼？」

幽冥先生道：「以我所知，杜飛飛乃是樂平三大美人之一。」

金保插口問道：「是哪三個？」

幽冥先生回答道：「就是董千戶的女兒董湘雲以及杜茗的兩個女兒杜飛飛、杜仙仙。」

蕭七說道：「我仍然不明白先生的話。」

幽冥先生道：「屍體面部的輪廓雖然不錯，但並非極美，還有屍體的雙手也嫌稍粗一些。」

他的目光又轉回屍體臉上，道：「到弄妥屍體的容貌，更覺得奇怪，不是說不美，卻正如我初時的印象，只是很不錯而已。」

蕭七轉問道：「那麼金老伯一看之下，又有何發現？」

金保接口說道：「那分明就是我的女兒。」

蕭七已多少猜中，仍然問道：「容貌非常像？」

金保道：「簡直就一樣。」

蕭七皺眉道：「這是說，死者可能是你的女兒了？」

金保苦笑道：「可是我女兒的屍體怎麼會走來這裡？」

幽冥先生道：「除非就真的有鬼跟我們開玩笑，否則事情可就奇怪了。」

金保道：「金娃的屍體是由我親自下葬的，在來這裡之前我還曾到她墓前走一趟，並沒有什麼異樣，即使是屍變，也該有些兒跡象才是。」

他深深的吸了一口氣，接道：「所以我女兒的屍體應該仍然在墳墓之內，在這兒的屍體雖然那麼相似，我看也只是相似而已，不會是我的女兒。」

幽冥先生道：「人有相似，不會這樣簡單的。」

他回對蕭七、趙松，道：「杜飛飛的屍體一回復本來面目，竟變了金娃，這件事，以我看絕不能夠漠視。」

蕭七、趙松不由得一齊點頭。

幽冥先生道：「這也許是蜘蛛的詭計，像飛飛那樣美麗的女孩子，蜘蛛只怕未必會忍心將之殺害。」

趙松接口道：「否則他早已殺掉仙仙了。」

蕭七沉吟道：「飛飛莫非仍活著？」

趙松道：「相信是，只是不知蜘蛛藏在哪兒而已。」

蕭七道：「捺落迦？」

趙松道：「我立即吩咐人飛馬去通知各人，窮搜整個捺落迦！」

幽冥先生立即道：「有一處地方你們也不要疏忽了。」

蕭七急問道：「是哪兒？」

幽冥先生道：「金家村。」

金保道：「我那兒沒有聽說有陌生女孩子進出。」

幽冥先生道：「蜘蛛如果真的是用金娃的屍體來迷惑我們，使我們以為是杜飛飛的屍體，一定有他的目的，說不定在金家村附近，有他的另一個巢穴。」

蕭七一想頷首道：「這不錯，他若是在捺落迦燒瓷像，少不免要驚動先生你，由金娃死亡到現在，並沒有多少天，所以那羅剎鬼女的瓷像是由金娃的屍體燒成，燒瓷像的地方應該就是在金家村附近。」

趙松道：「那麼飛飛若是仍活著，也該在那兒的了。」

蕭七茫然點頭，他的心神從來都沒有試過這樣亂。

幽冥先生接道：「無論如何，我們都要走一趟金家村了。」

趙松恍然道：「也趁此弄清楚那具屍體是否為金娃。」

金保奇怪道：「如何弄清楚？」

趙松一字一字的道：「開棺驗屍！」

金保一呆道：「什麼？」

趙松道：「屍體若非為金娃的，金娃的屍體便該仍然在墳裡的棺材內！」

金保呆呆的點頭。

趙松道：「事情到這個地步，金老伯，開棺驗屍是在所不免的了。」

金保嘆了一口氣，道：「我明白，事實連我現在也有些懷疑金娃那丫頭的屍體是否仍然在棺材內。」

趙松道：「那麼事不宜遲，我立即吩咐人準備馬車，趕赴金家村！」

幽冥先生撫掌道：「馬車最好不過，否則我這個老怪物坐在馬上，只怕未進金家村，就給村民當妖怪趕跑。」

趙松一怔，道：「老前輩也準備走一趟？」

幽冥先生道：「說不定有很多地方還用得著我這個老怪物。」

趙松道：「一切有勞前輩了。」

幽冥先生抓著腦袋，道：「對於這件事，我越來越感到興趣了。」他笑笑又道：「有生以來，我還是第一次遇上這麼奇怪的事情。」

蕭七那邊應聲道：「我也是。」

幽冥先生走過去一拍蕭七的肩頭，道：「生死由命，你也不必太擔憂。」

蕭七無言點頭，他現在的心情仍然亂草一樣。

趙松喃喃自語道：「我只道捕殺蜘蛛後，事情便了結了，誰知還有這許多枝節啊。」

蕭七道：「事情也快接近解決的階段。」

趙松苦笑道：「做了捕頭這麼多年，我還是第一次遇上這樣棘手，這樣奇怪的案子，這一次若非你們幫忙，只怕我得要變成瘋子。」

蕭七嘆息道：「這件事的本身根本就瘋狂之極。」

趙松轉對金保道：「又要勞煩老人家奔走。」

金保道：「應該的，金娃的墳墓所在，雖然你們不難打聽出來，總不如我領路走一趟方便。」他嘆息了一聲，接著說道：「何況這件事，也與我有關，不去怎成呢？」

趙松道：「那我也該親自去督促兒郎們準備馬車才像樣。」

說著邁步疾奔了出去。

黑暗終於消逝。

拂曉，一輛大馬車疾從衙門的後門駛了出來。

趙松、蕭七雙雙坐在車座之上，蕭七緊皺的雙眉到現在也仍未開展。

鞭在趙松的手中，韁也是。

他親自揮鞭策馬，這件案子給他的刺激實在太大，無論如何他都要弄個水落石出才肯罷休。

這是他職責所在。

但他現在的責任心卻已經完全被好奇心取代。

在車廂之內，坐著幽冥先生與金保，幽冥先生不住抓腦袋，金保的神情卻顯得有些兒緊張。

開棺驗屍的結果將會怎樣？

又豈獨金保，其他三人都渴望很快能夠知道。

馬蹄飛快，馬車飛快！

廿一　愛殺

午後。

陽光淡薄，春風輕柔。

這春風甚至不能夠吹動蕭七他們四人的衣袂，但他們的心湖卻在動盪不已。

馬車停在金家村外山下的墓地旁，蕭七第一個躍下車座，趙松第二個，隨手車座邊拿起了一柄鐵鏟。

後面車門跟著打開，先是幽冥先生，金保最後也下來了！

最後一個下車的是金保，最先走進墓地的也是金保，四個人之中亦只有他知道金娃的墳墓在哪裡！

金保走得相當快，繞過幾座墳墓，來到一座墳墓之前，停下腳步。

那座墳墓明顯的才造了不久！

不等他開口，後面蕭七已然道：「這就是金娃的墳墓嗎？」

他的目光正落在墳前那塊墓碑之上！

金保點頭道：「錯不了。」

隨即指著墓旁一株小樹道：「這株樹本就是一個很好的記認。」

蕭七目中流露歉疚之色，道：「金老伯，這次我們可要得罪了。」

金保搖頭道：「蕭公子不必如此說話，老朽實際也滿腹疑惑，很想弄清楚其中究竟。」

趙松那邊即時一抱拳道：「趙某可要動手了。」

金保淡然一笑道：「人說趙大人乃是一個盡忠職守，和平待人的好捕頭，現在看來，果然是不錯。」

趙松道：「但是對於作奸犯科之徒，趙某可是不和平得很。」

金保道：「那卻是萬萬和不得！」

一偏身，接道：「趙大人，請。」

趙松也不再多說，舉起鐵鏟，往墳墓上插下去。

一插一挑，一大蓬泥土給他剷起來。

墳墓的泥土看來還未結實！

也沒有多久，埋在泥中的棺材已露出一角。

趙松下鏟不停，卻更小心了！

棺材附近的泥土終於被他剷掉，整個棺蓋都畢露無遺。

趙松停下手，道：「應該可以了。」

蕭七「嗯」了一聲，跳下了土坑，揮袖拂去了棺蓋上那些少泥土，雙手約略量度了一下，抵住棺蓋的縫隙，也不顧衣服骯髒，整個身子都偎近去。

然後他雙手一齊用力將棺蓋往上扳。

眼看著，他手臉上的青筋蚯蚓一樣一條條突起來，那塊棺蓋也同時「勒勒」的往上升。

「格吱」一聲，整塊棺蓋離開了棺材，蕭七順手將棺蓋往旁邊一放，目光已落在棺材之中。

一瞥之下，蕭七整塊臉立時都變了顏色，神態也變了，變得那麼的怪異。恐怖，疑惑，兼而有之。

他的面色也迅速的變成蒼白。

蒼白如紙。

趙松從來都沒有見過蕭七的面色變得那麼難看，不由自主走前來一看。他的面色也立即變了，變得比蕭七並沒有好多少，神態也變得詭異起來。

棺材中躺著一個屍體，並不是空無一物。

那也是一個少女屍體，而且是一個很美麗的少女的屍體。

金娃本來就是一個很美麗的少女，她若是變成了老太婆，或者變成了一個男人，變得猙獰而恐怖，那麼蕭七、趙松兩人即使驚訝恐怖得掉頭就跑，也不足為怪。

可是這個屍體卻一點也不恐怖。

蕭七、趙松驚訝什麼？恐懼什麼？

◇◇◇

金保和幽冥先生走了上前。

幽冥先生目光一落，「哦」的脫口一聲，金保卻恐懼已極的一聲怪叫。

「好美麗的女孩子。」幽冥先生這句話跟著出口。

金保卻接著怪叫起來：「這不是我的女兒金娃。」

「屍變？」幽冥先生一呆。

趙松隨即道：「她就是仙仙。」

「仙仙？」幽冥先生又是一呆，「金娃的屍體怎會變成了仙仙？」

趙松道：「這正如飛飛的屍體，怎會變成了金娃一樣不可解。」

他的語聲不知何時已顫抖起來。

「這個，這個……」

幽冥先生一連兩聲「這個」，本來已經紙一樣蒼白的臉龐更顯得蒼白。

蒼白得完全就不像是一張人臉。

蕭七的面色也逐漸變得一絲血色也沒有，他一直都沒有作聲，也一直都沒有移動腳步，若不是他的面色還有些兒變化，簡直就像是一尊沒有生命的瓷像。

他的眼旁的肌肉突然顫抖起來，終於舉起了腳步。

橫移一步，然後他欠身伸手進棺材，抱起了仙仙的屍體。

仙仙的屍體已經僵硬。

蕭七默默的抱起了仙仙，一張臉緩緩的湊近去。

他的臉終於與仙仙的臉相貼在一起。

他的臉蒼白如雪，仙仙的也是，而且亦冰冷如雪。

沒有任何的聲音，天地間這剎那已完全凝結，萬物都凝結，完全失去了生命。

就連那微風這剎那也彷彿已靜止。

幽冥先生、趙松、金保呆呆的望著蕭七，也全都失卻生命也似。

誰都沒有作聲，誰都沒有移動。

突然，兩行老淚湧出了金保的眼眶，滾下。

蕭七即時撕心裂肺的一聲狂喊：「仙仙——」

天地變色！

蕭七狂叫聲中將仙仙擁入懷中，抱得很緊很緊。

只可惜一任他抱得怎麼緊，也已不能夠將仙仙的生命搶回來。

仙仙已經死亡。

蕭七知道仙仙已經死亡，狂叫一聲，整個身子突然顫抖起來。

顫抖著他跪到棺材旁邊，他的面仍然緊貼著仙仙的臉，雙手也仍在緊緊抱著仙仙，突然開口，問：「怎會這樣？怎會這樣？」

聲音不住在顫抖，完全不像是他的聲音。

沒有回答。

金保老淚奔流，倏的亦跪倒在地上。

趙松欲言又止，他看來好像有很多話要說，可是一句話也說不出來。

幽冥先生仍呆在那裡。

這種事情有生以來，他也是第一次遇上。

蕭七問了那兩聲之後，整個人又如木雕塑一樣，一動也不動，聲也不發。

他的身子雖然停止了顫抖，可是他的心深處卻開始了顫抖。

整顆心就像是藏在冰水中一樣。

這片刻之間，他突然起了一個非常可怕，非常奇怪的念頭。

他抱著仙仙的雙手在不知不覺間緩緩鬆開，面色變得更厲害，倏的脫口道：「原來如此，我明白了。」

幽冥先生也接口說道：「老夫也明白了。」

蕭七這時候好像才回復自我，回頭望著幽冥先生，道：「看來先生的推測仍然是對的。」

幽冥先生笑了，笑得是那麼的苦澀，嘆息道：「老夫現在倒希望自己的推測完全錯誤。」

蕭七嘆息無言。

趙松一旁忍不住問道：「兩位到底明白了什麼？」

幽冥先生道：「杜飛飛並沒有死，這一切事情也都是她暗暗策劃。」

趙松沉默了下去。

幽冥先生接道：「衙門驗屍房裡的那具屍體毫無疑問就是金娃的屍體，躺在金娃的棺材內的卻是杜仙仙，那麼杜飛飛的屍體在哪裡，我們在捺落迦那裡找到的杜仙仙又是什麼人呢？總捕頭，你難道還不明白？」

趙松打了一個寒噤，說道：「我明白了。」

幽冥先生道：「與這件事有關的女孩子，不外四人，杜家姊妹、董湘雲、金娃，杜仙仙與金娃的屍體我們已看到，董湘雲在我們離開樂平縣城之前，與我在一起，只有杜飛飛——」

他頓了一頓，接道：「以時間計算，杜飛飛的失蹤乃是金娃死亡之前，金娃死亡之後，那個羅剎鬼女的瓷像才出現，至於那只玉鐲的出現，我們都以為從瓷像內找到的屍體就是杜飛飛，但後來證實，那其實是金娃。」

趙松道：「我們曾經懷疑可能是有人相似。」

幽冥先生道：「不錯，但現在開棺驗屍結果，金娃棺材中躺的並非金娃，乃是杜仙仙。」

他語聲一沉，又道：「你們在捺落迦之內，卻偏偏找到了一個自承是杜仙仙的女孩子，杜仙仙既然在這裡，那個女孩子到底是什麼人？」

趙松道：「有關係的四個女孩子只有杜飛飛一個下落不明，除非她也是被蜘蛛藏起來，否則我們在捺落迦之中找到的那個女孩子應該就是杜飛飛的了。」

幽冥先生道：「也只有如此，事情與我的推測才會符合。」

蕭七插口道：「那個女孩子毫無疑問，就是杜飛飛。」

他的語聲顫抖得很厲害，卻說得很肯定。

趙松奇怪道：「憑什麼你這樣子肯定呢？」

蕭七道：「在捺落迦我找到她，第一眼看到她的時候，一些陌生的感覺也沒有，雖然她的面龐被泥土遮蓋，可是她的眼神在我卻是那熟悉，是那麼親切，在我當時的意識之中，飛飛已死去，能夠令我產生那種熟悉，那麼親切的感覺的人，除了杜仙仙，還有誰呢？所以我才會認定她就是仙仙，相信她就是仙仙。」

趙松道：「你說她就是仙仙，相信她就是仙仙，我們當然就非信不可。」

蕭七苦笑。

趙松道：「當時她勢必知道已陷入包圍中，知道她絕對逃不了，所以叫蜘蛛將自己縛起來，套上那麼一個羅剎鬼女面具。」

幽冥先生道：「以蜘蛛的技巧，要將一個羅剎鬼女的面具套進一個人的頭中，看起來與那個人的面皮黏合在一起，相信並不是一件困難的事情，只要飛飛裝作一碰那面具就疼痛的樣子，小蕭一定不忍心強行將那個面具撕下來，而且有前例在先，更擔心萬一弄個不好，損壞了仙仙的容貌，自不免六神無主，如此又如何能夠看出其中破綻？」

趙松微喟道：「這樣說來，杜飛飛這個女孩子倒頗工心計的了。」

幽冥先生道：「簡直就城府深沉，否則也想不出這樣奇怪的辦法。」

趙松道：「這也許是蜘蛛的主意。」

幽冥先生搖頭道：「蜘蛛這個人，沒有人比我更清楚的了。他因為生就一副怪相，整天躲藏起來，像這樣的一個人，世面見得不多，思想難免比較單純，如何想得出這種古怪的主意來？」

趙松道：「他跟著你那麼多年，對於他你當然應該很清楚，但是他與杜飛飛是在一起，你竟然全不知情，可見得對於他，你仍然有些不清楚。」

幽冥先生苦笑道：「這方面我的確完全不知道，不過蜘蛛這個人想不出這種鬼主意，卻是絕對可以肯定的。」

趙松道：「難道這真的完全是杜飛飛的主意？」

幽冥先生道：「女孩子通常都有點鬼聰明，鬼心思。」

趙松摸摸鬍子，道：「這若是真的話，這個女孩子也未免太可怕了。」

蕭七嘆息道：「飛飛看來並不是那種人。」

趙松道：「一向她對你怎樣？」

蕭七道：「很好。」

幽冥先生道：「的確是不錯，否則我將你困在棺材裡的時候，她大可以突然發難，置你死地，要知道這實在很簡單，在棺材之內你根本沒有閃避的餘地，而我當時人已被迷倒，根本無力阻止任何人對你不利。」

蕭七點頭嘆息：「不錯。」

幽冥先生問道：「她對你很好，你對她怎樣？」

蕭七道：「像姊姊一樣。」

幽冥先生道：「她比你要大？」

蕭七道：「大不了多少日子。」

幽冥先生道：「她若是要嫁給你，你怎樣？」

蕭七搖頭道：「不會有這種事的。」

幽冥先生道：「為什麼不會？」

蕭七沉吟道：「我根本沒有起過這個念頭。」

幽冥先生道：「你沒有，並不等於她沒有。」

蕭七道：「她不會有這種念頭的。」

幽冥先生笑笑道：「你不是她肚裡的蛔蟲，怎知道她的心事。」

蕭七無言苦笑。

幽冥先生接道：「不妨仔細想想，她可曾對你暗示過什麼？」

蕭七沉吟了一會，忽然嘆了一口氣，道：「現在想起來，飛飛她……」

他吶吶地接道：「她好像真的有意嫁我。」

幽冥先生道：「不用說，你一定沒有答允。」

蕭七嘆息道：「我知道她不過是在說笑。」

幽冥先生道：「最主要的原因，我看出在你的心目中的對象不是她，是仙仙。」

蕭七無言頷首！

幽冥先生道：「像飛飛那樣聰明的女孩子當然不會看不出你是心有所屬的，因愛成恨，因妒成仇，她一切作為，確實是不難了解。」

他搖頭接道：「女孩子吃起醋來，是很厲害的。」

蕭七苦笑。

幽冥先生道：「這一點卻不能怪責你，否則再建十幢莊院，只怕也不夠你娶妻之用。」

趙松插口道：「喜歡蕭兄的女孩子以我所知道，著實多得很。」

幽冥先生道：「好像小蕭這樣英俊瀟灑的男人卻著實罕有，物以罕為貴。」

趙松上下打量著蕭七，道：「蜘蛛的一時疏忽使到整個計劃出現了無可補救的漏洞，但他的伏誅並非就表示事情終結。」

趙松道：「因為主謀是另有其人，並非他。」

幽冥先生道：「那個主謀現在卻是在董湘雲的身旁，董湘雲曾經是她要毒殺的對象，除非她改變初衷，否則董湘雲現在可就危險了。」

趙松聳然動容，說道：「她若是執意要殺害董湘雲，一定不肯錯過這個好機會的。」

幽冥先生道：「而且她勢必已想到我們此行，一定會有所發現，對於她將會極之不利，即使她想不到我們會找到這裡，但為防萬一，她一定採取行動對付董湘雲。」

說著幽冥先生嘆了一口氣，道：「這個女娃子實在城府深重，在她套上那個女羅剎的面具那下子，她勢必已預測到你們非將她暫時留在董家莊不可了。」

蕭七不由自主打了一個寒噤，亦自嘆息道：「她留在董家莊內，湘雲少不免會伴著她，和開解她。」

幽冥先生道：「除非每一次董千戶都在旁。」

蕭七道：「即使每一次都在旁，她若是突然出手，仍然是來不及制止。」

幽冥先生道：「所以她要下手殺人的機會實在很多。」

趙松道：「現在惟有希望她乃是一個貪生怕死的人，不敢輕率採取行動，否則，董姑娘性命危殆矣。」

幽冥先生道：「我雖然沒有見過這個女娃子，但從她這一次的行動來推測，她顯然是什麼也豁出來了。一個拚命，萬夫莫敵，況且是突然下手殺一個好像董湘雲那麼粗心大意的女孩子。」

趙松說道：「董姑娘的確粗心大意得很。」

幽冥先生搖頭道：「有一個董千戶那麼粗心大意的父親，她知道小心謹慎才是奇怪。」

蕭七苦笑道：「一個人率直一點，未嘗不是一件好事。」

幽冥先生道：「現在這種情形之下，卻是一件壞事了。」

蕭七嘆息道：「即使她如何謹慎小心，也是想不到有此一著的。」

幽冥先生道：「這倒是。」

趙松道：「無論如何我們還是盡快趕回去的好。」

蕭七點頭道：「不錯。」將懷中仙仙放下。

趙松嘟喃道：「好像仙仙一個這樣可愛的女孩子，有誰忍心傷害她，何況是她的姊姊？」

蕭七道：「我也不明白。」

趙松道：「話雖說龍生九子，各有不同，但從你口中聽來，杜飛飛應該也是一個很善良，很漂亮，很可愛的女孩子，怎會做出這種事？」

一頓又接道：「難道真的如幽冥……公孫白先生推測一樣？」

蕭七搖頭道：「別問我，現在我的思想就像是一團亂草，但是正如你所說，飛飛應該不會做出那種事，仙仙與她到底是姊妹。」

幽冥先生插口道：「飛飛平日到底是怎樣的一個人？」

蕭七沉吟道：「多愁善感，心胸是比較狹隘一點，但懂得大體，就是下人們做錯什麼，也很少怪責她們，聽仙仙說除了我之外，與其他的人很少說話。」

說到這裡，幽冥先生突然脫口一聲：「要命。」

蕭七一怔，道：「什麼要命？」

幽冥先生道：「最可怕的就是飛飛這種性格的女孩子。」

蕭七道：「為什麼？」

幽冥先生道：「這種女孩子可以說是深藏不露，就是恨什麼人，對方也不容易發覺到。」

蕭七道：「哦？」

幽冥先生道：「感情方面也特別來得尖銳，若是喜歡你，你不喜歡她，那麼她不死，你就得準備被她害死了。」

蕭七無言苦笑！

幽冥先生搖頭嘆了一口氣，道：「也罷，且看我們能否及時趕回去。」

蕭七身形立起，兩個起落，已落在馬車旁邊，躍上其中一匹馬的馬背之上，劍同時出鞘，「唰唰」聲中，已將那匹馬與車之間的所有連繫完全削斷。

幽冥先生的身形同時像蝙蝠一樣落在另外一匹馬的馬背上，腰一折，雙手斜落，鳥爪也似的兩隻手掌「咯吱咯吱」的迅速將兩條鍊子拗斷，再一掌反拍馬臀，「叭」一聲，那匹馬負痛，立時疾奔了出去！

蕭七一騎早已如箭般奔出。

趙松並沒有他們那分輕功，走到來馬車旁邊的時候，兩騎已去遠。

那輛馬車也就只得那匹健馬，趙松一時間，只急得團團亂轉，猛一眼瞥見金保，忙奔了過去，一面高聲問道：「老人家，這附近可有馬匹？」

金保顫抖著站起身子，道：「有。」

趙松道：「勞煩你老人家替我找來，這裡我先得弄好墳墓棺材。」

金保道：「我與養馬的人家認識，就交給我辦好了。」說著舉步疾奔了出去。

趙松再望向那邊，兩騎已走遠，嘆了一口氣，道：「我去其實也是多餘，若是仍然可以阻止，憑他們兩人應該阻止得了。」

他又嘆了一口氣，俯身抱起仙仙的屍體，走向馬車。

屍體已僵硬，觸手一陣難言的寒冷。

趙松不覺機伶伶的打了幾個寒噤，嘟喃道：「現在只希望董湘雲瞧得出那個女孩子並不是杜仙仙，乃是杜飛飛，不要太接近。」

這番話才出口，他就苦笑了起來！

因為他這個希望，就連他自己也不以為有可能會實現。

樂平縣的三個美人難道都全得香消玉殞？

趙松嘆息在心中。

他雖沒有見過杜飛飛的真面目，但仙仙的嬌憨，溫柔，董湘雲的火性子，以及她們美麗的容貌已深印在他心中。

飛飛應該也有她美麗的一面。

像她們這樣美麗的女孩子實在不多，樂平縣人傑地靈，竟然有三個。

可是現在已死了一個，剩下來的杜飛飛以及董湘雲，但杜飛飛只怕也難逃法網，到頭來不免一死，這——是不是可惜？

是不是可嘆？

◇◇◇◇

董湘雲看不出在捺落迦救出來的仙仙其實是飛飛，董千戶也一樣看不出。

這兩父女就都是粗心大意得很。

以蕭七的精明，趙松的經驗，尚且瞧不出有問題，又何況他們父女？

不過這也怪不得趙松。

對仙仙、飛飛，他到底還是陌生，就是仙仙，他也只是衙門驗屍房中見過那一次。

在捺落迦救出來的那個女孩子的面上卻塑上青瓷，一副羅剎鬼女的可怕面貌。

她默認是仙仙，趙松也只好承認她就是仙仙，因為，蕭七也相信了。

蕭七無疑是一個很精明的人，可惜人到底是人，始終難免會出錯的。

當局者迷！

再說，這件事情也實在太詭異。

◇

清晨。

陽光透進窗櫺照進來的時候，董湘雲已經替飛飛換上了一襲淡青衣裳。

仙仙喜歡穿青衣，董湘雲是知道的，所以她找來一襲青衣。

碧綠色的羅剎臉龐，淡青衣裳，雖然光天化日之下，飛飛看來仍然不像是一個人，只像一個羅剎鬼女。

董湘雲不止一次有這種感覺，可是她並沒有說出來，她雖然粗心大意，到底心地善良。

她不想仙仙難過。

仙仙是怎樣可愛。

怎樣善良，她是知道的。

她雖然口裡不止一次要殺仙仙，其實心中並沒有這個意思，甚至她曾經以為仙仙與蕭七是天造地設的一對。

只是她真的很喜歡蕭七，要她默默將蕭七讓與別人，她是絕對做不到。

不過，她只是爭取，從來沒有考慮到陰謀殺死杜家姊妹，這樣來得到蕭七。

董千戶頂天立地，董湘雲若是生為男兒，絕不比乃父稍遜。

她體內流的也是俠義之血。

所以她雖然脾氣暴躁，動輒與別人大打出手，蕭七對她並沒有多少惡感。

因為蕭七也知道董湘雲其實是怎樣的一個人。

他一直也就當董湘雲自己妹妹一樣。

他的心早已被仙仙完全佔據。

董湘雲其實也很明白這一點，只是在事情未絕望之前，她仍然是竭力去爭取。

她其實也想學溫柔一點，學得像仙仙那樣。

可是學不來。每想到這件事她就不由自主的嘆氣。

現在她也在嘆氣。

她看著那一襲青衣，忽然嘆了一口氣，問道：「仙仙，我實在看不出這種青色的衣服有甚麼好看。」

仙仙沒有回答。

董湘雲苦笑接道：「可惜你現在不能夠說話，否則我實在很想跟你好好談談。」

羅剎面龐中目光一閃，取過書案旁的一張素絹以及一管筆。

董湘雲一呆，道：「怎麼我想不起來，你雖然不能夠說話，卻是可以將要說的寫出來。」

她忙去磨墨。

那個墨硯一墨不染，一塵不染，乾淨之極。

墨也是全新的。

筆也是，一排筆吊在架上，全都是新的。

飛飛的眼中露出奇怪之色，董湘雲無意接觸到飛飛的目光，居然看得出飛飛的感覺，知道飛飛在奇怪甚麼。

她苦笑一笑，道：「這些東西都是爹爹給我買來的，他原是要我學妳們姊妹那樣，閒時唸書寫字，可是我就是不喜歡那樣子。」

飛飛點頭。

董湘雲匆匆將墨磨好，道：「你看這個成不成？」

飛飛以筆蘸墨，寫道：「稍淡一點，但又不是練字，算了。」

接寫道：「你要跟我談甚麼？」

董湘雲道：「就先談衣服，淡青色有甚麼好看呢？」

飛飛寫道：「青色看起來比較清雅一點。」

董湘雲道：「原來如此。」轉問道：「噯，你害怕不害怕相貌變成醜陋？」

飛飛寫道：「沒有甚麼好害怕的。」

董湘雲道：「不害怕蕭大哥從此嫌棄你？」

「不害怕。」

「為甚麼？」

「因為蕭大哥並不是那種著重外表的人。」

「你怎麼知道？」

「我們青梅竹馬長大的，怎麼會不知道。」

董湘雲咬咬嘴唇，道：「那麼以你看，蕭大哥可喜歡我？」

飛飛寫道：「喜歡。」

董湘雲心中一樂，道：「是真的？他對你這樣說過？」

飛飛寫道：「他當你是自己的妹妹一樣。」

董湘雲苦笑！

飛飛接寫道：「但我們兩姊妹若是都死了，他一定會娶你做妻子。」

董湘雲一怔，道：「為甚麼？」

「像你這樣可愛的女孩子，實在不多。」

董湘雲苦笑道：「連你也這樣說，看來我若想要嫁給他，得殺你們姊妹了。」

「只可惜你不是一個這樣心狠手辣的人。」

董湘雲道：「我有時候也是很凶惡的。」

飛飛寫道：「你那種所謂凶惡只不過刁蠻。真叫你殺一個毫無仇怨的人，相信你未必就下得了手。」

董湘雲呆呆點頭。

飛飛突然又寫道：「你真的很喜歡蕭大哥？」

董湘雲吶吶地道：「喜歡得要命。」

這句話說出，她的臉不覺就紅起來。

飛飛寫道：「這是說，你不能嫁給他，生不如死了？」

董湘雲無言點頭。

飛飛竟寫道：「你是一個可憐人，比我還要可憐。」

董湘雲一怔，道：「是甚麼意思？」

飛飛寫道：「你這樣喜歡蕭大哥，蕭大哥卻不喜歡你，難道不是可憐嗎？」

董湘雲道：「你可不可憐啊！」

飛飛又不答這句話，只寫道：「不過哪一個男人不是三妻四妾？」

董湘雲道：「你是說你容得下我？」

飛飛只寫道：「你不在乎大小嗎？」

董湘雲笑道：「那有甚麼關係呢？只要能夠跟蕭大哥一起就成了。」

飛飛寫道：「難得你肯委屈。」

董湘雲道：「沒有甚麼委屈。」

飛飛接寫道：「這樣說，你其實並不可憐，可憐的只是一個人。」

董湘雲道：「是誰？」

「飛飛！」

筆緩緩放下，兩行眼淚湧出了羅剎面具之外。

董湘雲看在眼內，安慰道：「生死由命，你也不要太傷心。」

她竟然看不出其中奇怪之處。

好一個粗心大意的女孩子。

也就在這個時候，敲門聲突響，一個聲音接呼：「湘雲！」

是董千戶的聲音。

董湘雲轉身說道：「爹爹，你進來好了。」

董千戶應聲推門進來，隨即問道：「仙仙怎樣了？」

董湘雲答道：「很好，她還跟我談話呢。」

董千戶「哦」一聲。

董湘雲向他解釋道：「我用口，她用筆。」

董千戶目光落在書案上，連聲道：「很好很好。」

接向飛飛道：「仙仙，在我這裡你甚麼也不用客氣，需要甚麼，叫湘雲給你拿來就是。」

飛飛欠身一福。

董千戶又道：「湘雲這孩子脾氣雖然有時暴躁一點，其實是沒有甚麼的。」

飛飛頷首！

董千戶繼續說道：「事情現在已告一段落，你在我這裡，更就甚麼也不用害怕了。」

說著一把腰間長刀，道：「誰若是要對你不利，先問我手中的奔雷刀。」

湘雲截口道：「爹爹又在誇口了，別人不知道，仙仙妹子難道還不知道你的威風？」

董千戶大笑！

湘雲道：「爹爹，有件事我要跟你說。」

話說到這裡，忽然臉一紅！

董千戶道：「甚麼事說好了。」

湘雲欲言又止！

董千戶目光一轉，道：「仙仙又不是外人，你避忌甚麼？」

湘雲道：「誰避忌的了。」

董千戶道：「那麼還不快說？」

湘雲瞟一眼飛飛道：「仙仙妹子方才說她，她……」

董千戶道：「她怎樣了……」

董湘雲還是欲言又止，吞吞吐吐道：「她……」

董千戶奇怪道：「你平時不是這樣吞吞吐吐的，今天是怎樣了？」

湘雲終於道：「她說她容得下我。」

董千戶呆了一呆，想了一想，大笑道：「原來這回事，妙極妙極。」

湘雲的臉更紅了。

董千戶笑接道：「娥皇女英，千古佳話，只是便宜了蕭七那小子。」

湘雲紅著臉道：「爹你是答應了？」

董千戶反問道：「不答應成嗎？」

湘雲道：「不成。」

董千戶大笑道：「哪有你這樣不害羞的姑娘家？」

湘雲一嘟嘴，轉問道：「蕭大哥現在去了哪兒？」

董千戶道：「就在門外。」

飛飛一怔，而董湘雲卻驚喜道：「真的？」

臉頰接一紅，吶吶道：「那我的話他豈非都聽在耳內？」

董千戶搖頭道：「沒有。」

湘雲道：「不是說……」

董千戶截口大笑道：「爹不過在跟你說笑。」

湘雲大嗔道：「爹你壞！」

董千戶道：「你眼中快要沒有我這個爹了，現在不壞尚待何時？」

湘雲頓足道：「爹你說老實話，蕭大哥現在是在甚麼地方？」

董千戶道：「他與趙松，幽冥先生，還有金娃的父親去了金家村。」

湘雲道：「去金村幹什麼？」

董千戶道：「好像是要開棺驗屍。」

飛飛聞說渾身一震。

董千戶並沒有發覺。

湘雲接問道：「為甚麼要那樣做？」

董千戶道：「據說幽冥先生借屍還魂，已經有了結果。」

湘雲道：「甚麼結果？」

董千戶道：「衙門中的人也不大清楚，但看他們走得那樣的匆忙，必然是有重大的發現。」

飛飛目光一覺一寒。

董千戶仍然沒有發覺，接道：「爹知道的也只有這許多，你們倆且談談，我可要出去了。」

湘雲道：「去哪兒？金家村？」

董千戶笑道：「有蕭七與公孫老怪物，還有甚麼事應付不來？我去不去有何關係，倒不如在家喝喝酒來得快活。」

湘雲一皺鼻子。

董千戶哈哈大笑，負手走出了房間。

飛飛看著他離開，目光更寒冷！

可是董千戶卻沒有再回頭，也當然始終都沒有發覺飛飛的目光有異。

好一個粗心大意的老頭兒。

◇◇◇◇

紅日已開始西墮，樂平縣的城牆已在望。

兩騎健馬在官道上狂奔。

蕭七一馬當先，整個身子都貼在自己馬背上，人與馬聯成了一線。

沒有馬鞍，蕭七雙手貼在馬頸，看來始終仍然是那麼穩定，可是誰都可以看得出，他實在騎得很辛苦很辛苦。

他始終堅持下去，心中也只有一個念頭。

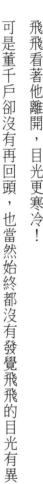

——盡快趕到董家莊！

他希望仍然來得及在飛飛向董湘雲出手之前趕到去，制止飛飛再下手殺人。

那匹馬已被他催騎得簡直要發狂，他本人也簡直快要發狂的了！

在他的後面數十丈，跟著幽冥先生，也是策騎如飛。

風吹起了他滿頭的白髮，他整個身子都弓起，好像隨時都會被吹走。

可是他終於沒有被風吹走。

他的神態很奇怪，很緊張，心情也一樣！

有生以來，他還是第一次這樣趕路救人！

一種非常奇怪的念頭，突然在他的心中冒起來，他忽然不再想趕路，感覺到已絕望，再快也無用，董湘雲非死不可。

這是一種非常不祥的感覺。

幽冥先生不由自主嘆了一口氣，也就在這個時候，那匹馬突然一聲悲嘶，一頭撞在地面上。

整匹馬隨即蓬然倒下，口吐白沫，顯然已虛脫了。

幽冥先生幾乎同時從馬背上拔起來，凌空一個大翻身，斜落在路旁。

他看著那匹馬，看著殘陽中的樂平縣城，又嘆了一口氣。

那種不祥的感覺這剎那更強烈。

他搖頭，身形蝙蝠掠出，雖然快，卻是顯得那麼無奈。

不管怎樣，他都得走一趟董家莊，一看究竟。

他的一雙手雖然造盡幽冥群鬼，可是他的一顆心並不怎樣迷信。

何況那種不祥的感覺也許只是因為感覺那匹馬要倒下而生來。

◇

房間西門的窗戶打開，殘霞的光影使整個戶間看來那麼詭異，是那麼淒涼。

飛飛又拈起了那管筆，寫下了三個字：「黃昏了」。

董湘雲看在眼內，道：「蕭大哥相信也快要回來了。」

飛飛再寫下十個字。

「夕陽無限好，只是近黃昏。」

下筆慵懶，一派無奈。

董湘雲笑顧道：「你怎麼變得這麼多愁善感，不會是近得飛飛太多吧？」

飛飛無言。

湘雲接道：「聽說你唸書很多，可惜對於那方面我就是不感興趣，否則也跟你談一談。」

飛飛取過另一張白絹，寫道：「我們談武功如何？」

董湘雲大喜道：「最好不過。」

飛飛寫道：「你平日用刀，怎麼房中卻掛著劍？」旋即筆指東牆。

東牆上掛著一支明珠寶劍，三尺三。

董湘雲的臉忽一紅，道：「那是我著人仿照蕭大哥那支斷腸劍打造的。」

飛飛疑惑的望著湘雲。

湘雲臉更紅，道：「劍掛在我房中，好像他的人也在這房中伴著我一樣。」

飛飛一呆，她又疾筆寫道：「卿何多情？」

湘雲垂下頭。

飛飛又寫道：「可否給劍我一看？」

湘雲頷首，道：「當然可以！」立即跳起來，奔到那邊牆下將劍拿在手。

飛飛看著她，眼神很奇怪。

既似憐，又似恨。

◇

劍雖非寶劍，但也非一般可比。

七色明珠，三尺三，與蕭七那支斷腸劍並無多大不同。

飛飛接劍在手，拔劍出鞘。

劍鋒如一泓秋水。

飛飛以劍代筆，在地面寫道：「此劍可有名？」

湘雲道：「也叫斷腸。」

飛飛以指彈劍，劍作龍吟。

湘雲接道：「我也知這不是一個好名字，但誰叫蕭大哥那支劍就叫這名字？」

飛飛無言。

◇◇◇◇

馬仍在狂奔！

董家莊在望，蕭七的心卻更急。

心急如焚！

◇

湘雲嬌靨上的紅霞終於褪下，轉問道：「仙仙，聽說你的劍練得很不錯？」

飛飛用劍寫道：「到院外，我練給你看看。」

湘雲立即贊成道：「好，總好過整天悶在房中，怎麼不早說？」

她轉身舉步，也就在這個時候，她眼角瞥見寒芒一閃，腰際倏覺一涼！

一種難言的疼痛感覺，立即深刺進她的心深處！

她吃驚的回頭。

飛飛劍仍然在手，劍尖卻正在滴血！

湘雲更吃驚，目光下垂，就看見鮮血箭一樣從自己的腰腹出來！

她驚問：「為什麼？」

飛飛緩步走到東牆下，劍寫道：「因為你喜歡蕭七！」

湘雲說道：「你……你到底是……是誰？」

飛飛緩緩在牆上以劍寫下了兩個字。

——飛飛！

◇◇

馬衝上董家莊門前石階，一頭衝在門上，蓬然倒下，蕭七同時離鞍射出，雙掌同時重擊在大門之上。

那道門只是虛掩，馬一撞已開，應掌更大開，蕭七奪門而入，其激如箭！

對門大堂有燈光，蕭七身形箭射向大堂！

◇◇◇

「飛飛！」湘雲驚呼掩腹倒下！

她的眼瞳中充滿了疑惑。

飛飛頷首，翻腕一揮，劍脫手飛出，插入牆上「飛飛」那兩個字中。

湘雲也在這時候嚥下了最後一口氣。

一劍斷腸！

◇◇◇◇

桌上有杯，杯中有酒。

杯在董千戶手中，他自斟自酌，自得其樂。

今天他的心情也還算不錯，到現在，已經喝了三壺酒。

想到湘雲的終身有著落，他老懷大慰，但想到湘雲出嫁之後，自己的孤零，亦難免有些傷情。

「也許我該往江湖上走走了。」他不由生出這個念頭。

「人未老，實刀也未老，想必仍然有一番作為！」再想到當年帶刀闖蕩江湖種種威風，他自然又乾一杯。

這一杯下肚，蓬然一聲就傳來。

董千戶當然聽得出有人撞門，長身而起，擲杯在地！

砰然杯碎，董千戶按刀大笑道：「那個不知天高地厚的小子，竟敢來闖我奔雷刀的莊院！」

這句話說完，刀尚未出鞘，那個小子便已如箭般射進來。

董千戶目光所及，「哦」一聲，道：「我道是別人，原來是小蕭，來來來，我與你喝上幾杯，再告訴一個好消息給你知道。」

蕭七臉寒如水，截口問道：「湘雲在哪兒？」

董千戶大笑道：「你眼中難道就只有湘雲，沒有湘雲這個父親？」

蕭七急問道：「老前輩，這不是說笑的時候，快些告訴我，快些告訴我湘雲在哪兒。」

他一身汗濕，滿臉汗水，風塵僕僕，說話非獨急速，而且有些嘶啞。

董千戶這時候才看清楚，一怔道：「莫非又發生了什麼事情？」

蕭七點頭道：「是！」

董千戶道：「到底什麼……」

蕭七截口道：「先找著湘雲再說。」

董千戶道：「她在房中。」

蕭七追問道：「那個女孩子？」

董千戶道：「你說仙仙？也在！」

「跟湘雲在一起？」蕭七變色。

「她們倆倒親熱。」

「不好！」蕭七放步疾起。

「你是說湘雲不好？還是說仙仙不好？」董千戶奇怪之極。

蕭七沉聲說道：「那個女孩子不是仙仙。」

董千戶更加奇怪，道：「不是仙仙又是誰？」

「飛飛！」

飛飛在東牆前坐下，就像是變成了一個瓷像，一動也不一動。

房中燈光已亮起。

蒼白的燈光下，她看來是那麼恐怖。

門外突然傳來了腳步聲，很急速，很沉重的腳步聲。

飛飛恍若未覺，靜坐如故。

腳步聲陡頓，「砰」一聲，房門被撞開，蕭七、董千戶雙雙搶入。

董千戶立即一聲悲呼：「湘雲！」疾衝了過來，抱起了湘雲的屍體。

血染紅了他身上的錦衣，他的眼睛也立即紅了，一個身子盡在顫抖。

蕭七同時雷殛一樣，怔在當場。

半晌，董千戶突然抬頭，瞪著飛飛，眼瞳中充滿憤怒，也充滿疑惑，道：

「你是誰？為什麼要殺死我的好女兒？」

飛飛沒有理會他，只是凝望著蕭七。

突然，她那張羅剎鬼臉蛛網般裂開，簌簌散落。

董千戶從來都沒有見過這麼恐怖的情景，可是他並沒有退縮。

蕭七也沒有，盯穩了那張在散落的羅剎鬼臉。

那張鬼臉迅速的散落，現出改面的另一張臉。

一張很美麗的臉。

那張臉真的很美麗，只是稍嫌蒼白。

蕭七雖然意料之中，但仍然忍不住出一聲呻吟：「真的是你？飛飛？」

語聲也仍然充滿疑惑。

飛飛終於開口，道：「是我。」

董千戶厲聲問道：「你到底在弄什麼鬼？」

一股難言的靜寂，難言的恐怖，迅速蘊斥著整個房間。

◇◇◇

夜風透窗，燈影搖曳。

三個人都像是泥塑木雕的一樣，既沒有任何言語，也沒有任何動作。

也不知過了多久，飛飛的嘴唇才稍微的起了顫動。

蕭七卻是第一個開口，道：「你這樣做又何苦？」

飛飛默默流下兩行清淚。

董千戶連隨問道：「為什麼你要殺我的好女兒？你說啊？」

飛飛緩緩道：「誰喜歡蕭七，都該死。」

董千戶道：「你是不是瘋了？」

飛飛道：「也許。」

董千戶道：「只有瘋子才會為這個原因去殺人！」

飛飛冷冷道：「蕭七只屬於我一個人，誰也不能喜歡他，嫁給他！」

董千戶怒道：「你是什麼東西？是他的什麼人？有什麼資格說這句話？」

飛飛道：「我是他未過門的妻子。」

董千戶回望蕭七。

蕭七茫然搖頭，道：「我從未說過要娶你。」

董千戶立即道：「你聽到沒有？」

飛飛癡望著蕭七，道：「你忘了？你真的忘了？」

蕭七道：「你說啊，是什麼時候？」

飛飛道：「在我十一歲生辰那天。」

蕭七一呆，苦笑，他實在一些印象也沒有。

董千戶瞪眼道：「你十一的時候，蕭七又有多大，兩個小孩子談什麼婚嫁？」

飛飛望著蕭七道：「那一天我穿著一件大紅衣裳找你，在你家後院中，你我並肩坐在一起，記得你說過什麼話？」

蕭七搖頭。

飛飛眼淚再流下，道：「你說我就像是一個新娘子，我問你，像我這樣的一個醜丫頭，誰肯娶做妻子呢？你說就嫁給你好了，然後，你就以落在地上的樹枝為香，跟我交拜天地！」

董千戶又好笑又好氣，嘟喃道：「小孩子的玩意，怎麼竟當真的了？」

飛飛自顧道：「交拜了天地之後，我問你什麼時候娶我進門？你說等我們長大之後，而現在我們的確都長大了。」

蕭七苦笑道：「怎麼你不跟我說？」

飛飛淒然問道：「這種事也能忘掉的嗎？」

蕭七嘆了口氣道：「飛飛，我們當時都是小孩子，懂得什麼，也許我當時真的有那意思，但我相信都是鬧著玩的多，最低限度現在我仍然是一些印象都沒有。」

飛飛道：「我沒有說謊。」

蕭七道：「相信你沒有，但……無論如何你應該再跟我說清楚。」

飛飛道：「婚姻大事怎麼能夠隨便就忘記。」

董千戶連聲道：「兒戲兒戲，荒謬荒謬。」

飛飛沒有理會，接道：「那之後我一直在等候你迎娶，多少年了，你一直若無其事，甚至還說要娶仙仙做妻子。」

她恨恨的道：「你就是不喜歡我，要悔約，也跟我早說一聲，好教我死掉這條心，省得每天半死不活的，老是在為你煩惱。」

蕭七只有苦笑。

飛飛哀聲道：「多少年了，你知道我流下多少眼淚？你不知道的，是不是？」

蕭七嘆息道：「縱然是這樣，你殺我好了，為什麼要殺仙仙，殺金娃？殺湘雲呢？」

飛飛道：「我得不到的，別人也休想得到，既不忍殺你，只好殺她們！」

蕭七道：「仙仙可是你妹妹！」

飛飛道：「有一件事，你看來還未知道。」

蕭七道：「你說好了。」

飛飛道：「我本來並非姓杜，只是杜茗的養女，我的父母乃是死在一次賊劫中，那時我只有三歲。」

蕭七道：「你只有三歲，如何記得到那些事情？」

飛飛道：「是劉大娘告訴我。」

蕭七道：「蜘蛛的母親？」

飛飛道：「她原是我家的婢女，劫後餘生，她便將我送到杜家，因為杜茗乃是當時有名的大善人。」

蕭七恍然：「原來如此。」

一頓接道：「那麼他們對你到底也有養育之恩，再說仙仙一直對你很不錯。」

飛飛道：「這是因為她不知道我並非她的親姊姊。」

蕭七道：「即使知道，相信也會一樣，她……」

飛飛冷截道：「你就是喜歡她，因為她是這樣的溫柔，這樣的熱情。」

蕭七一聲嘆息。

董千戶插口道：「即使是蕭七喜歡上仙仙，你也不用殺人的，哪一個男人不是三妻四妾啊，你跟仙仙說一聲，她相信一定會幫助你，娥皇女英，共事一夫，豈非更好。」

飛飛冷冷的道：「蕭七娶也得先娶我……」

董千戶道：「我看你只怕沒有仙仙那麼量大。」

飛飛道：「要就全要，讓自己的夫婿與別人廝混，仙仙也許不會在乎，我可忍受不了。」

董千戶皺眉道：「怎麼你的心胸這樣狹隘，連湘雲也不如。」

飛飛冷笑道：「每一個人都有他做人的原則，你管得了我？」

董千戶瞪眼道：「你殺了我的女兒，可要還我一個公道。」

飛飛道：「一定還。」

蕭七再一聲嘆息，說道：「飛飛，不管怎麼樣，你這次的所作所為都是不對，我……」

飛飛截口道：「我知道你也想討一個公道，可是我敢說，你一定不忍殺我。」

董千戶道：「莫忘了還有我！」

飛飛道：「你的奔雷刀很快！」

董千戶道：「我讓你死得那麼痛快，倒是便宜了你！」話口未完，嗆啷拔刀出鞘。飛飛視若無睹目注蕭七道：「與其死在奔雷刀之下，毋寧死在斷腸劍下。」

蕭七的手已按在劍柄上，卻不知是要拔劍殺飛飛，還是要擋住董千戶的奔雷刀。

他的神情很奇怪，他的劍始終沒有出鞘。有誰知道他的心意？

飛飛道：「我若是能夠真的死在你斷腸劍下，死也瞑目。」

蕭七無言。

飛飛又道：「可是你真的下得了辣手？」

蕭七按劍長嘆。

飛飛淒然一笑，道：「我既不想死在奔雷刀下，也不想你難為，只好自己動手了。」語聲甫落，她口中就傳出「波」的一聲異響。

蕭七面色一變，疾步奔前。

飛飛看著他，道：「蜘蛛配製的毒藥到底如何，你很快就見到了。」

她轉向董千戶，道：「你看過之後一定會慶幸湘雲沒有死在毒藥下！」

一縷黑血立即從她的嘴角流下。

蕭七脫口呼道：「飛飛！」

飛飛道：「我知道你很難過，你所喜歡的，與最喜歡你的幾個女孩子，現在都死了。」

她緩緩接道：「我原來就是要你難過的。」

蕭七道：「你何不殺我？」

飛飛淒然笑道：「若是忍心殺你，我總有機會的，可是我始終沒有起過要殺你的念頭，這很奇怪？是不是？」

她的眼淚不停的流下，語聲已嘶啞，蒼白的臉龐逐漸轉變成淡紫色。

蕭七呆呆的望著飛飛，董千戶也呆住了。飛飛好像還有很多話要說，可是一個字也說不出來。

她的臉緩緩垂下，身子也倒下。

蕭七不禁又脫口呼道：「飛飛！」

這一次再沒有回答。

突然間，一縷縷的白煙從飛飛的臉龐冒起來，她的臉開始消蝕。

董千戶看在眼內，整個身子都顫抖起來。

蕭七的面色一變再變，已變得全無血色，他的眼睛仍睜大，盯著飛飛的臉。

眼看著，飛飛的臉逐漸的消蝕，美麗的容貌，變成醜陋不堪，皮肉逐漸的消失，露出了白骨。沒多久，飛飛美麗的容貌只剩白骨，變成了一個骷髏。

骷髏的眼窩中彷佛仍有淚流下。

血淚！

◇

夜風透窗，蕭七的頭巾飛舞，衣袂也被風吹動，但是他的人，卻一動也不動。

兩行眼淚終於從他的眼眶流下。

男兒有淚不輕流，只因未到傷心處。

《羅剎女》全書完

古龍集外集 6

驚魂六記之 羅剎女（下）

作者：古龍 / 創意　黃鷹 / 執筆
發行人：陳曉林
出版所：風雲時代出版股份有限公司
地址：10576台北市民生東路五段178號7樓之3
電話：(02) 2756-0949　傳真：(02) 2765-3799
封面原圖：明人出警圖（原圖為國立故宮博物館典藏）
封面影像處理：許惠芳
執行主編：劉宇青
行銷企劃：林安莉
業務總監：張瑋鳳
出版日期：2022年8月
ISBN：978-626-7153-00-0

風雲書網：http://www.eastbooks.com.tw
官方部落格：http://eastbooks.pixnet.net/blog
Facebook：http://www.facebook.com/h7560949
E-mail：h7560949@ms15.hinet.net
劃撥帳號：12043291
戶名：風雲時代出版股份有限公司

風雲發行所：33373桃園市龜山區公西村2鄰復興街304巷96號
電話：(03) 318-1378　傳真：(03) 318-1378
法律顧問：永然法律事務所 李永然律師
　　　　　北辰著作權事務所 蕭雄淋律師

行政院新聞局局版台業字第3595號 營利事業統一編號22759935

國家圖書館出版品預行編目資料

羅剎女／古龍創意；黃鷹執筆. -- 二版.-- 臺北市：
風雲時代, 2022.06
　冊；　公分.
　ISBN: 978-626-7025-99-4（上冊：平裝）
　ISBN: 978-626-7153-00-0（下冊：平裝）

857.9　　　　111006219